广雅

聚焦文化普及，传递人文新知

广大而精微

春树作品系列

红孩子

春树 著

广西师范大学出版社
·桂林·

Chun Sue

红孩子
HONG HAIZI

图书在版编目（CIP）数据

红孩子 / 春树著. --桂林：广西师范大学出版社，2023.9

（春树作品系列）

ISBN 978-7-5598-6358-4

Ⅰ. ①红… Ⅱ. ①春… Ⅲ. ①自传体小说－中国－当代 Ⅳ. ①I247.5

中国国家版本馆CIP数据核字（2023）第173067号

广西师范大学出版社出版发行

（广西桂林市五里店路9号　邮政编码：541004　网址：http://www.bbtpress.com）

出版人：黄轩庄

全国新华书店经销

广西广大印务有限责任公司印刷

（桂林市临桂区秧塘工业园西城大道北侧广西师范大学出版社集团有限公司创意产业园内　邮政编码：541199）

开本：787 mm ×1 092 mm　1/32

印张：8.125　　　字数：150千

2023年9月第1版　　2023年9月第1次印刷

印数：0 001~5 000册　定价：48.00元

如发现印装质量问题，影响阅读，请与出版社发行部门联系调换。

序

我带孩子去北京天文馆,还没进场,就被门口乌泱泱的人群震撼到了。是的,这是暑假的北京,全国各地的孩子们都来到了北京,他们要尽量在这里看到一些在他们的居住地看不到的风景和景观,当然也包括知识和见识。我已经提前在公众号里买了电子门票,排队进馆的时候,听到一位东北口音的女士问工作人员:"这里可以现场买票吗?"答曰:"可以。"这让我也放了心,原来不仅可以在网上买票,现场也是可以的。要知道,这次回来,我发现大多博物馆都需要提前预约,且,约不上。如果是那些来旅游的人,买不到任何想去的景点的票,该多么遗憾。这让我感慨,我小的时候,根本不需要预约。当然,我小的时候,是九十年代,那时候的北京,比现在的节奏慢,收入低,公交系统少,交通没有现在方便，全国各地的孩子们，即便想来旅游，也并没有那么容易。北京，在那时候的人们眼中，是个想去又很不容易去一趟的地方，也是个神圣的地方。我也是很久很久之后才明白，从小在北京长大、上学，意味着一种"幸运"。

游览天文馆的孩子们，从几岁到十几岁不等，从父母带着的刚会走路的孩子，到个头已经一米七几一米八几的大孩子。他们表情各异，兴奋程度不同，他们都是新一代的小孩。还有许多集体穿着统一的黄色背心的孩子，看年龄，也就刚上小学。他们雀跃地围着某个设施观看着，讨论着，沉浸在对新发现的快乐中。

展馆里的孩子真的很多，他们围绕在每件展品周围，甚至没有注意到坐在观看区的我和馅饼，几乎要踩到我们了。我只好对馅饼说，往左挪一下。为什么没有人教育他们，要尊重人与人之间的距离，要注意到其他观看的人？但随即我又意识到，或许正是这种对空间的无意识，让人与人之间的关系更亲密——这简直是一定的了，正如在德国时，尊重人与人之间的距离，但同时关系也比较淡漠一样。这当然是一体的，无法将它们分开看待。如何成为更文明的人？如何拥有一个更好的社会？如何既尊重个体，又充满人情味？这不是小说能够回答的，却是我们可以思考的问题。小说里的林嘉芙也遇到了自己的问题，不管是校园友情，朦胧的理想，还是校园霸凌以及这些问题导致的青少年抑郁，都是社会该重视的问题，该有人来指引她们，这些问题不该被忽略，不该由孩子自己承担。

馅饼觉得无聊，一直嚷嚷着要回家。他这代人，从小就接触到了虚拟世界：电子游戏、网络。我想让他了解北京和更多的中国文化，这不是件一蹴而就的事。其实，多带他出来看看人，看看现实中的北京，也是了解中国文化的一部分。

2012年，我在上海文艺出版社再版的《红孩子》中写了一篇前言，用来缅怀我的父亲。这次再版，我提到的是我的孩子。这本书呢，写的是我的童年和少年时光。无论是作为子女还是作为父母，都只是我的身份之一，我最大的身份，是作为我自己。每个时代的人都有属于自己的记忆，我们的父母、我们的子女，他们的记忆是完全不同的，我这代人，当然也不一样。不仅是时代的不同，还有个体的差别，我相信，生活在海南的八〇后，与生活在北京的八〇后，童年时光是不一样的。欢迎进入我的童年时光——

最后，感谢广西师范大学出版社及其编辑和读者，以及初版时的出版社及其编辑。有你们的陪伴，我才不致落入庸俗，才能继续追寻我的光和灯塔。

春树

2023年8月2日于北京

目 录

序 曲	_1
第一章 青苹果乐园	_19
第二章 奇怪的孩子	_63
第三章 初恋	_77
第四章 多云有雨	_91
第五章 光阴的故事	_104
第六章 深雪	_155
第七章 午夜怨曲	_167
第八章 少年迷惘心事	_185
第九章 蓝草	_219
第十章 永别玫瑰学校	_242
末 言 你看天是蓝的	_244
结局篇 昨日今生	_250

序　曲

1

一点点地写，不怕写得慢，很多东西，的确来自我一点一滴的回忆。可以说，我是一个随时活在过去的人，我的记忆力总是那么地好。虽然这些记忆并不影响我现在的生活；对于不了解我的人来说，他们甚至不觉得我有什么往事。是啊，我这个人有些神秘，神秘就神秘在我平时看来一点也不神秘，我常常是以一个大大咧咧的形象进入朋友的印象的。这印象由最初到后来一直保持着。

我是一个没有秘密的人。是的，我是一个没有秘密的人。我是这么说的，也是这么做的。如果有人来问我的隐私，我会很高兴地和他说，我会坦白得令人吃惊。当然，也会有一些问题令我十分不舒服。我甚至会恼怒，大多数也是因为提问者的阴暗内心和不怀好意太过明显。通常，一个热情的人会赢得我很多好感，但前提是这个人不是一个喜怒无常的人。我最讨厌别人在我面前大吼大叫，如果是这样，我肯定会晕了头，不知道会干出什么清醒时让我害怕的事。

后来当我"进入"这个社会，我更体会出热情的重要，我爱热情这种品质。那是一种坦率的、洋溢着快活的、天生乐观的品质。

人有计划性很重要，可惜，这是我经历过很多次颓废才明白的。我太懒散，有时候一天只出一次门，还是去买报纸。虽然我是一个爱出门的人，可我总觉得太累。

我的一切在我看来都是矛盾的。我的体质很弱，缘于我的胃不太好。我还常常晕车，这不太适合旅行，但我爱旅行。我可怜的胃，我也爱你。

现在还记得当年离开老家时，我的心理感受。那时我大概八九岁。我坐在汽车上，汽车开起来，我从窗口看到黄灿灿的一处油菜花——那是村头菜地里的油菜花。我突然有些"离愁别绪"，我的泪在眼里打转，但又意识到这种情感的虚伪——我总是这样，在最动情时又最快地脱离出去，仿佛变成别人在观察着自己。于是，我没有让眼泪流下来，我装作一副冷漠的样子。当时我可能就意识到冷漠很现代、很酷。但我心里还荡漾着愁情。

我的感受没有人会知道，除了我自己。那种最细微的、随时在变化的、最内在最真实的感受，最终还是我一个人明了。

这都是片断，有的时候，我的记忆就是由片断组成的。

有的时候，还能想起这样的片断。四月天，杨柳树，妹妹的脸，陌生的手，我活在臆想里。在我看来，一本书写的是什么并不重要，重要的是情绪和节奏，或者说，是气氛。我活着每天干什么是不重要的，重要的是过程中的细节。对，我这样的人在意的就是感觉。

想从头来回忆，是因为现在不知道已经遗失在哪儿了。

那就让我来从头回忆吧，从头回忆。

人生就是一场大梦，感谢这个大梦给过我美好的童年。我现在之所以还活着，就是因为我有过美好的童年。

语言是什么？语言就是废话。所有的作家都在重复各种各样的故事，写下各种各样的废话，重复也无所谓，只要这里面有着个人的感觉。

我的故事都是连贯的。

我在写东西的时候，习惯用钢笔，蓝黑墨水，这都是初中给我留下的习惯。因为这像是初中生的写作。我在很长一段时间里，小说都是写在四百字的信纸或白纸上。那些信纸都是从邮局或小文具店里买来的，白纸是我爸单位发的。我有一篮子写在这些纸上的作品，从初中开始，我就不停地写啊写。我最早的写作启蒙就是几本从学校门口买来的作文集。那时我爸给我订《少年文艺》和《儿童文学》，直到我初三功课紧了。我写得最多的时候就是上初二、初三的时候。真正让我动了写作之心的，是初一时我喜欢上了一个外班的同学。我在当时写的小说里给他起名叫"风"。他还有个双胞胎弟弟和我一个班，我叫他"雨"。我们上的学校叫玫瑰学校。玫瑰学校有小学部、初中部、高中部。我当时就想如果它还有大学部，那就太完美了。我爱这所学校，在我初三以前。我对这所学校的憎恨，并不是它的错。我遇到了我这辈子不该遇到的第一个人——我初三的班主任纪老师。这个纪老师我会花一些笔墨来描写她和我之间的恩怨，现在先不提她，一提到她我就没有好心情。

2

我有时候会写到后面忘了前面，前几天刘老师曾对我指出过这个问题。他说我老写着写着就把前面的人物给写丢了。在一个长篇里面写丢了人物的确有些不可原谅，有点太缺乏结构能力，令我汗颜的是这种事我经常干。可如果在这里我还是写了后面忘前面，是因为我已经不在乎结构了，我想到哪儿就写到哪儿，这样也许会记起更多的细节。

那时我最好的朋友是维多利亚。她的名字里有一个字是"颖"，当时起这个名字的人不多，所以听起来很新颖。名字是什么并不重要，现在她的脸在我面前已是一片模糊，因此叫她什么都不重要，她就是那个人，她就是维多利亚或其他名字，她就是她。我的生命中总有许多女朋友和许多男性朋友，以及他们发生的各种各样的事儿。我是一个承载体，我的所观所想都在我的大脑中储存。

维多利亚和我共同喜欢过一个男孩，他的名字很好听。小学同学的名字起得都那么绝妙、那么雅致，我在小说里起的任何名字都没有他们原来的美。

维多利亚之所以叫维多利亚而不是别的,是因为这个名字像她。她身上有一种"典雅"的感觉。有时候我觉得叫她"雅典娜"也挺形象的。她是天秤座,她就是爱与美的化身。我至今仍记得她在小学同学录上祝我"永远纯洁、永远可爱"。

我对维多利亚印象这么深刻、完美,有很大一部分原因是我崇拜她。我从小学三年级认识维多利亚后,就一直和她保持着友谊。一直到我后来上了职高,她和我另外几个好朋友考入玫瑰学校高中部,我们还会在过年时互寄贺卡。直到更后来,也就是离"现在"更接近,维多利亚考上大学后,我们便失去了联系。

有一段时间,我接连三个晚上梦到了她。我让这几个梦搞得神经衰弱,在最后一个梦里,我对她说:"你知道吗?我梦到你了,我特别想你!幸好今天不是做梦,要不然我这些话怎么跟你说,我们都已经失去联系了!我想你……"醒来后,我才知道又是在做梦,我的泪唰地就流了下来。维多利亚,我想你!

真的,和维多利亚失去联系就像我丧失掉了和她一起经历的一大段岁月。我总是在午夜梦回时想起那些曾和我有过长时间或短暂交往的朋友,有的人名字我都忘了,他们都是过客,是我不同阶段的见证。而和维多利亚的分离使我想到我生命中的一个点断开了,那个点消失了,在我找到它之前,它会一直孤立在那里。

3

初中时,我喜欢上了文学。曾在阳台上朗读《长恨歌》,还用钢笔一字一顿地抄下苏曼殊的《本事诗十首》:

> 无量春愁无量恨,一时都向指间鸣。
> 我亦艰难多病日,哪堪更听八云筝!

> 丈室番茶手自煎,语深香冷涕潸然。
> 生身阿母无情甚,为向摩耶问凤缘。

> 丹顿斐伦是我师,才如江海命如丝。
> 朱弦休为佳人绝,孤愤酸情欲语谁?

慵妆高阁鸣筝坐,羞为他人工笑颦。
镇日欢场忙不了,万家歌舞一闲身。

桃腮檀口坐吹笙,春水难量旧恨盈。
华严瀑布高千尺,未及卿卿爱我情。

乌舍凌波肌似雪,亲持红叶索题诗。
还卿一钵无情泪,恨不相逢未剃时。

相怜病骨轻于蝶,梦入罗浮万里云。
赠尔多情书一卷,他年重检石榴裙。

碧玉莫愁身世贱,同乡仙子独销魂。
袈裟点点疑樱瓣,半是脂痕半泪痕。

春雨楼头尺八箫,何时归看浙江潮?
芒鞋破钵无人识,踏过樱花第几桥?

九年面壁成空相,持锡归来悔晤卿。

我本负人今已矣,任他人作乐中筝。

4

昨天晚上我没有梦见维多利亚,梦到了另一个人,谢思霓。所有曾出现在我小说里的人物,他们的名字都是固定的。这样他们和他们自己之间就会有联系。当你某一天看到我的一篇小说,认识了他们中的某一个人,然后你可能记住了,也可能忘了,接着去做你的事。而后来的某一天,你又看到了这个名字,也许就会想起你曾经认识这个人。这个人在小说中是和你认识的。

昨天晚上我就梦到了她。我们还在一个学校,是同学。我在梦里追问她一个问题。

我们以后还能像好朋友一样吗,在我们毕业以后?我们都知道,我们的兴趣和爱好不一样,我们的性格也不一样。但如果毕业以后我们就不再来往,这是让人多么伤心的一件事。

我忘了她怎么回答的。

醒来很久以后我才反应过来：我已经很久没有做关于学校的梦了。

这是一个好迹象。

有一段时间我被这种梦折磨得死去活来，这种总是关于学校的梦永远都在提醒着我的过去，它让我焦灼。我永远都在梦见考试，总是梦见留级或是被开除。稍微好一点就是心想能不能坚持着上下来然后考大学？

这样我的生活就被分成两半，梦里的和现实的。我在很长一段时间里总想上学，就是因为受不了总做这种梦。

当我把稿纸在桌子上一摊时，一切就都变了。我还是喜欢用笔写作，可不知道是太懒还是坐在电脑前能一边上网一边写，更多的时候我是坐在电脑前敲出字来。算起来，我一天有一半时间都是坐在电脑前。

我好像已经不适应在家里的老写字台上，一边听着收音机里的摇滚歌曲一边写东西了。写东西总需要气氛，可这些气氛离我有点太远了。

我也不知道我现在适合什么样的气氛，喜欢什么样的，可我知道有些东西已经陌生了。陌生到我一沉浸其中就坐立不安的地步。

那墙上贴的贴画都是我一张张精心挑选的,还有乐队的海报。它们曾激励过我的梦想。当我以前总感慨怀才不遇时,我就常常盯着它们看。

人总要有点理想。那时我就特喜欢"暴力反抗机器"(Rage Against the Machine)的主唱扎克·德拉·罗查(Zack De La Rocha),我还亲过他的嘴唇,心想以后就要找这样的男人。

而我永恒的女神科特妮·洛芙(Courtney Love)永远张着红唇,袒露着她美好的胸脯向我微笑着。

当另一个夜晚我再次梦到学校,并清醒地意识到我和很多人都失去了联系时,我在痛苦中久久不能自拔。那些见证我过去的人,你们都在哪儿呢?现在过得好不好?

这些疑问绞着我的心,它让我感觉我像活在一座孤岛上。不要提三四年前的朋友,就连我当初在写第一本书时的很多朋友,现在都不知道哪儿去了。

我在我家换过两次电话号,我自己又换过一次手机号并搬到外面住了以后,就不再指望那些人能突然出现在眼前或电话机的另一头了。

有时候想想,不明白我为什么是一个念旧的人。

说真的,我可能真的是一个不时髦了的、怀旧的人。

我总是能记清和每一个人交往、接触的过程。某些人太迅速地划过我的生命,一旦他出现,稍加引导我也能立刻想起他来。

我有很长一段时间很孤独,而且越来越孤独。

曾经听过的音乐就像是曾经的情人,回头再听总有一丝感慨。

我是不是老了?

是不是只有老人才怀念过去?

不。

我从小就这样。

我说过,我是个活在过去的人。

我记得在我很小的时候,大概五六岁吧,我走在一个高高的土堆上面,下面的大人说我像是"小大人"。我想当时她看到的我的面目表情应该就是"惆怅"。

我很小的时候在某个地方和朋友们玩过黏土,过了一段时间,我经过那里却再也找不到黏土,我就很失落,很难受。

这种性格发展到后来,我就觉得我是一个找抽的人。

这是天生的,并且无能为力。

我觉得我写的这些完全就是"墓志铭",可是当我躺在床上,别叫醒我,让我去做梦。

一做就做关于学校的噩梦。

睁开眼又是另一场噩梦。

我就活在这种双面噩梦中、喘息着,不到死的那一天,欢乐和痛苦总是如影随形。

哦,我厌恶我自己。

甚至在说这话时,我也很厌恶这种语调。

我想到了一个很好的词:冻结。

5

我再次回到了十七岁的时候——睡不着,半夜爬起来写小说。这是我此时唯一能做的消遣,也是唯一能干的事。

就像十七岁的时候,我打开收音机,坐在桌子旁开始听广播。就连广播都没变，还是伍洲彤的《零点乐话》。

今天是十一月十三号，天有点冷了。这一个月过得可真漫长。

我总是写着写着就不知道怎么写。

6

最近我经常有一种感觉，觉得自己已经不正常了。我可能再也回不到过去。

我想我有必要去看一下心理医生，可心理医生应该也不会了解我。

我有些害怕。因为这次是我一个人面对，无论如何，只能由我一个人面对。

我对自己说，坚持住，不能死，更不能疯。A对我说，为什么你年轻漂亮又有才华，却无法一个人活下去？到底是什么事改变了你？

我无法解释为什么会莫名流下眼泪，无法解释为何喜怒无常，经常没有来由地脾气暴躁，我无法解释我的悲观。我试图分析我到底是为什么变成这样的，是什么事情改变了我的本性。

7

"林嘉芙"是我为《北京娃娃》里的主人公取的名字，这本书里的"我"也叫这个名字。第九章里的人物也出现在《北京娃娃》的第一章，出于连贯的需要，那段我没有删去，不想看的人可以自动略过。

小说里的人物大部分名字都经过了改动，在小说里他们都变成了新的人，对号入座我可不答应。也是在写小说的过程中，我才进一步了解了他们，当年我最喜欢的，在我的文章里却干巴巴的，这么多年回头看，那个人真让我鄙视；而那个我不在乎、不经意错过的，却逐渐凸现，逐渐清晰，可惜他是既存在又邈远。

要说的是，我不同情任何人。除了街上推着小车卖杂货、以此为生的老头老太太。

也就是说，我同情任何人。同情"我"，同情"你"，同情每个人看不见的"小"。

8

　　这本书是和《2条命——世界上狂野的少年们》同时动笔的,写了大概两万字的时候,我停了笔,专心创作《2条命》。那时候我对于此书比《2条命》有着更漫长的创作周期毫无预感。《2条命》写完后有一年时间,我没有写任何小说,只是周游各地,忙着谈恋爱,偶尔写诗。时间还挺好打发的,我恢复了正常作息,疯狂或者说是平淡地度日。总之一句话,《2条命》给我带来的种种愉悦和阴影都被我抛诸脑后。

　　无法被我抛诸脑后的是我曾经的记忆,好像总有什么在呼喊着我,原来就是这本被我弃置一边刚开了个头的小说。我也想借此整理一下我的心路历程,也就是小说里的"我"的心路历程。作为经历,它在十几年前就已成形。作为小说,它也是必须要走过的一步。在我写过了三本长篇小说以后,应该给它们再补上一个开头了。"林嘉芙"不是从天而降的,不是凭空出现的,她是曾经真实的我,被我甩到过去的不堪回首的我。我一直在回避写她,但这本当时未完成的书在呼喊着我,希望它能带我重返过去,帮我解开那一个个谜题。

我战栗不安,像见了鬼。犹如翻开一幅波澜壮阔的画面,以往的岁月震惊了我,即使这本书里写的也就是普通平凡的初中生的噩梦——每个人记忆里都有的或多或少的噩梦。我现在唯一的愿望,就是把文中主人公的变化和与变化作斗争的过程记录下来。

在写作的过程中,我真希望能还原生活,可在我试着写了几章之后,就发现这不是件容易的事。虽然这是一部以真实人物为原型的自传体小说,但许多对话都是我编出来的。大的事件我记得很清楚,小的细节就流失在记忆的黑洞里了。这倒符合了"虚构"——更有文化的人都说这是小说的基本要素。那就算我歪打正着吧。

最好有录像机和日记把当时的全部都不偏不倚地记录下来,可惜当年的日记和作品已经被销毁。现在的我离这本小说里的"我"太远,我可能再也回不到过去了。如果能够重返过去,也许我就能改写结局。

9

我梦到了文中的贺维特。我跌跌撞撞地跑到一条江边或者是海边,发现他坐在一个山洞后面静静凝视着水面。那种专注的神情令我很感动。我走到他身边坐下,短暂地对视后我们就懂得了彼此的想法。那种在现实中无数次被打乱、被纷扰的心灵得以相通。

令我记忆犹新的还有傍晚时分漫天的红色彩霞和圆圆的夕阳。我轻巧地走下台阶。

第一章　青苹果乐园

1990年的夏天，是我刚到北京居住的第一年。安顿下来后，父亲着手为我找一所小学。在农村，我读到小学二年级。农村上学晚，一般小孩七八岁才上一年级，而我六岁就上学了，父亲是怕我如果有一天来北京上学跟不上进度需要留级，于是让我早上了一年学。

有一天父亲给了我几张卷子，是附近一所小学的考试卷，我不知道其中事关重大，就随便瞎填了一些，父亲也没问我空着的是不是不会做就交到了学校，理所当然他们没有收我。其实那些试题我都会做的，鬼使神差我没有当回事。于是父亲又带我到附近另外一所小学去考试，就是那所玫瑰学校。我和一些补考的小学生一起做期末考试卷子，他们不认识我，我也不认识他们。数学题很简单，都是我在乡下时学过的；而语文就不一样了，我们的课本不同，试卷上的题有些我根本没学过，于是我只好空着。

父亲骑自行车载我回家，我用手环绕着他的腰，身上的裙子被风吹动着一角。记忆里，这是我和父亲少有的亲密景象。那天仿佛就是昨天，父亲骑自行车载着小小的我，我一路睁大眼睛看着还不熟悉的街道，一切都新鲜而亲切。那是夏天，我穿着蓝色的连衣裙和白色的长筒袜，阳光是那么灿烂，我不由得用一只手遮在眼前。父亲问我考得如何，我说，应该还不错吧。

后来得知我数学考试得了九十九分，而语文只得了七十多分。玫瑰学校收下了我。数学老师对我说，没想到你数学还不错，基础学得挺扎实的。小学三年级的数学老师是一位大概五六十岁的老太婆，头发花白，戴一副眼镜，快退休了。她的气质很文雅，身材消瘦，经常穿浅色衣服。她的经典形象是手里抱着一摞卷子或书，步履蹒跚地走在校园里。

她的办公室在一幢老式建筑里，可能是苏联那会儿建的。三四层的小洋楼，大大的玻璃窗，有干净、明亮的楼道。楼下便是校园的走道，平整的水泥地，两旁松柏成行。

玫瑰学校有小学部、初中部、高中部，新中国成立前夕建校，很多中央领导人的孩子曾在此就读，校门口还有国家领导人给学校的题词。"艰苦奋斗，团结进取"是我们的校风，"博学多思，活泼向上"是我们的学风，每周升旗典礼上都要喊几遍的。这所学校有着辉煌的历史，校园又大又美，因此很多在这里上学的学生都养成了一种为学校而自豪的心态。我就是在这所学校里从小学三年级上到初中毕业。

这里像座大花园，小学部当时都是四合院建筑，有着曲折的回廊，现在也不知道拆了没有。玫瑰学校什么都有，大大的操场、饭堂、篮球场、阶梯教室、礼堂，甚至还有果园。比我后来上的那个职高不知道大多少倍，谦逊点说，也有十个×高中大。我和同学们就生活在这个学校里。

那一年，林志颖和小虎队风靡整个大陆，我们大概是北京第一拨低龄追星族了。《北京晚报》上登了一个新闻说，当时小虎队的专辑《青苹果乐园》摆上柜台不多时就被小孩们抢购一空，还有许多家长替孩子们来买。这事当时听着让流行文化还几乎是一片空白的大陆歌坛觉得挺不可思议和心情复杂，报纸上批评这首歌大有玩物丧志之意。玫瑰学校小学部甚至用了小虎队的《爱》来当作广播操音乐。不知道是哪个体育老师想出的这个主意,现在我想起来还很感谢他/她。玫瑰小学的学生做完国家规定的广播操后,小虎队的《爱》就响了起来,大家一边做操一边跟着哼哼:

> 把你的心、我的心串一串
>
> 串一株幸运草,串一个同心圆
>
> 让所有期待未来的呼唤
>
> 趁青春做个伴
>
> 别让年轻越长大越孤单
>
> 把我的幸运草种在你的梦田
>
> 让地球随我们的同心圆
>
> 永远地不停转
>
> 向天空大声地呼唤说声我爱你
>
> 向那流浪的白云说声我想你
>
> 让那天空听得见,让那白云看得见
>
> 谁也擦不掉我们许下的诺言
>
> 想带你一起看大海说声我爱你
>
> 给你最亮的星星说声我想你
>
> 听听大海的誓言,看看执着的蓝天

让我们自由自在地恋爱

直到现在，我一听到这首歌的前奏就能一字不差地跟着唱下来。同样能一字不差唱下来的，还有林志颖的许多歌，比如那首《十七岁的雨季》。那是九十年代初，到处都洋溢着那个年代所特有的激情与按捺不住的梦想，连我们这些小学生都深有体会，仿佛天天都是天晴，天天都是天蓝。我们无忧无虑，在玫瑰小学里度过美好的童年时光。

我们小学三年级五班的班主任潘老师是一名年轻女子，她大概二十一二岁，身材健美，皮肤黑得很美，一头短发，戴着金色的耳钉。那耳钉一边是星星，一边是月亮。她应该是当年最时髦的女子代表。她活泼，对我们也很好，我印象最深的是她常常一边大力地挥动手臂擦黑板，一边对我们说："不许乱动噢，虽然老师背对着你们，可是如果你们乱动老师也能知道是谁。"后来我们才知道是黑板的反光让她能够看到我们。

我在北京住过的第一个家是在一座绿色的旧楼里。这是一幢老式的居民楼，楼梯的木制扶手看起来年代久远，上面让人抠出了一道道口子，新旧两种褐色对比分明。老式的垃圾道边堆满垃圾，走近就能闻到一股馊气。只有远远望去，这座楼的绿色才显得漂亮。常常在梦里，我会回到这座楼，梦里起了火，我沿着楼梯逃窜，可是出现在我眼前的是另外的楼道出口。

我们家很小，除了必要的家具就没什么东西了。厨房在楼道，跟别人家合用。楼道里的绿漆掉得斑驳露出了白灰，墙都被油烟熏成了灰色，上面还有不知谁家小孩写的字，当然，我也在上面写写画画过。

刚来北京第一天，我妈摸着我的手，说怎么这么瘦呀。我满不在乎地笑道：谁的手不瘦呀？妈妈心疼得流下了眼泪，我弟靠在妈妈的怀里，我们两个有点陌生。他比我更像城里的孩子，比我白，比我纤细，能说一口流利的普通话，更快地融入了这个家庭。平时我弟在我爸单位附近上幼儿园，周末才回家。

我一直盼望着能搬进对面正在修建的高楼，那里一直轰轰隆隆在施工。我认为当它有一天盖好时，从我们的窗户伸条绳子爬下去就能到新家了。

我常常和楼里住的另外一个女孩一起玩，她妈是附近一家五星级酒店的经理，长得很漂亮，管她不是很严。其实女孩长得像她的军官父亲，皮肤白嫩，胖得像个布娃娃。我最羡慕她的是她家的房子比我们所有邻居的都大，一大间房子里还分了客厅，两侧分别是她父母的双人床和她自己的单人床，中间用一条帘子隔开。她的墙壁上还贴着自己画的画，我爸妈打死也不同意我往墙上贴东西。我们经常去院子里的一家宾馆的大堂玩，那里是我们的公共客厅。宾馆的女服务员们特别讨厌我们过去待着，老轰我们，我们就趁她们聊天的时候偷偷溜进去。那是一家军队主管的宾馆，门口放着许多盆开得鲜艳的红色、黄色、橙色的剑兰，夏天时还摆着几大盆盛开的荷花。过年的时候，她抱来一个大洋娃娃，让她的父母给我们在宾馆外面的花丛合影留念，那天我们都穿着新衣服新鞋。

楼道里还住着一个跟我年龄相仿的女孩，她妈很严厉，老是骂她。看得出她妈是那种能折腾的女人，常常换工作，在书店和美发店都工作过，她打量我的眼神中总有些复杂的东西。我想她也是最早看出我的"不安分"端倪的家长，尽管当时我普通得一塌糊涂，并且是"好学生"的代表。

楼道里的最东边住着一对普通的军官夫妇和他们的刁

蛮淘气的女儿。有一天她和我弟弟在楼道里玩,过了一会儿就听到一阵哭闹,我弟弟额头流着血回家了,说是脑袋让那个女孩抓着磕在楼梯上了。我妈没空找她家长理论,赶紧送他去医院缝针,用完了所有身上带的钱。回来的时候,只能向地铁站旁边卖红薯的老太婆和老头借了五毛钱坐地铁。这是事后我妈笑着对一位因为醉酒躺在沙发上休息的小战士说的。"幸好他们借了钱给我,要不然我真不知道怎么回家!我把钱还回去的时候他们都有点不敢相信呢!"

我在旁边听着,心里翻江倒海,为某种羞愧和委屈混合的复杂情绪所充斥,几乎不好意思再听下去,甚至同情起那个小战士。他听了这些有什么感觉呢?他在想什么呢?是不是觉得我们很可怜?

妈妈那时候还很年轻,冬天时烫一头黑色卷发,穿一双时髦的及膝黑色皮靴。我和我弟弟经常吵架惹她生气,有一次妈妈气急了说要走,说着就真的开始穿靴子,吓得我们抱着她大腿就大哭起来。

我很害怕我爸爸。除了因为从小就不在他身边长大以外,我还觉得他很严肃和冷漠。我们都用楼道里的公共水房,忘了是因为一件什么事,我顶了几句嘴,他就冲我的屁股上踢了一脚。

以前在老家时，我也很怕他。他回老家探亲时都会给我们带巧克力，我知道他把巧克力放在小姨屋里的抽屉里，让我一天只能吃两块。巧克力对我的诱惑太大了，趁他出门，我就跑到小姨的屋里拿几块吃。有一次我刚拿起一块，就听到他进门的声音，被逮了个正着，他很生气，毫不客气地骂我又懒又馋没出息。

小姨只有在大学的寒暑假才回来住。家里人都说我的脾气像她，我们都有着一样火辣的脾气和直率的性情。我和小姨很亲，当爸爸不在、妈妈忙于工作时，是小姨给我讲故事书，陪伴着我，她说在我小时候她还给我换过尿布。我在像大森林一样永远绚烂多姿的家乡从未感觉到孤独。来北京之后我变了好多，变得怯懦胆小，这个没有更多亲人的城市就像一头灰色的巨大的怪兽要一口把我吞下。

我从农村来到玫瑰学校上学，维多利亚是接纳我的第一个朋友。第一次中午去她家找她上学时，我虽然想上厕所，但愣是憋着到学校才上也没跟她说。我觉得"北京人"可能都不上厕所，不，也不是，反正我就是觉得提出"我要上厕所"这个想法太不体面，太……在我当时看来，维多利亚的家简直就是我当时能想出来的极致，那么舒适、完美。那是一套二室一厅，屋里满当当的，堆着在我当时看来贵重的家具家电。冰箱边上有一堆新鲜的香蕉，镜子前有许多护肤品和化妆品。维多利亚父母卧室的风格十分美式，颜色很柔和，一切都像一个家底殷实的小康家庭。而维多利亚单独拥有一个房间，她的墙上贴着刘德华、张曼玉之类的明星海报。她还有一张精致的小床和写字台，这一切都洋溢着典型的九十年代初的气息。

从小学三年级开始，我一直都是班里的宣传委员。刚到北京时，我普通话说得不好，怕同学笑话，就很少开口，班主任可能是觉得我学习不错，作文写得好，于是也安排我当宣传委员。可我知道潘老师其实喜欢活泼伶俐的孩子，我嘴笨，常常讨不到她欢喜，只能以特别听话来让她高兴。在我来到玫瑰学校半年后，发生了一件事，也许当时的同学都忘了，而我一直记忆深刻。

那是冬天，有几天下雪了，同学们都爱在课间跑到外面玩雪。潘老师平时留的作业很多，基本上都是抄生字词，那天下午的最后一节自习课，潘老师到外面办事，留完家庭作业就走了。老师走了以后,大家都争先恐后地跑到外面玩,只有我还固执地坐在座位上写作业。同学来叫我,我说万一老师回来批评我们该怎么办啊?大家说我傻,说潘老师不会说的,可我还是规规矩矩地坐在教室里。其实我特别想和同学一起到外面玩,但我不敢。而且我潜意识里还以为潘老师回来后会表扬我听话。

潘老师回来后,果然没有批评他们,反而问他们玩得好不好,堆雪人开不开心。见我坐在教室里,潘老师说我太木,不团结同学。听了这话,我心都凉了。真的,我没想到是这样的,我确实太不机灵、太傻了。其实很简单,就是我太不会投其所好,老师喜欢的往往不是像我这样的学生。

我说过那几天下雪,是个很冷的冬季。我穿的旅游鞋鞋底开胶了,我妈给我缝了好几次,可还是常常掉下来。有天放学后,我走在回家的路上,突然发现鞋底又开胶了,我就这么拖着走在路上,不时摔倒,又冷又饿,心里无限委屈。回到家后,父母正在厨房包饺子,我说我鞋开胶了,父亲冷冷地说,知道了。我还站在地上不走,他突然急躁起来:快走,别在这儿碍手碍脚的,你不想吃饭啦?!我的泪哗一下就下来了。

潘老师只教了我们半年就调走了，班里同学都很想念她，后来又来了一位年轻女教师小兰。小兰老师长发披肩，身如细柳扶风，说话也轻轻柔柔，听说刚从师范大学毕业。小兰老师带我们的时间不长，只有短短的几个月，后来她就生病调走了。再后来我们又有了新班主任常老师，她一直带我们到小学毕业。常老师胖胖的，不生气的时候很慈祥，就住在玫瑰学校西门旁边。可能那时常老师正处于更年期，情绪非常不稳定，经常骂我们，只要上课时下面有同学说话或做小动作，常老师就会扔下手中的粉笔，不再讲课，而用一整节课时间来骂我们。尤其让人受不了的是，每次还会叫班干部们站起来陪着挨训。同学们都必须手背在椅子后面，一动不许动。现在想起来，简直是酷刑。她留的作业都超多，我每次都要做到半夜，困得要死，还要抄那么多遍生词，现在一想起小学，就只记得当时坐在桌子前做作业的情景了。真不知道小学哪用得着留那么多作业，同学们都叫苦不迭。一些聪明的同学从中午老师留完作业就开始做，课间也不歇着，时间太紧迫了，这帮爱学习的也经常以晚上八点前做完作业为荣。而另外一些爱玩的就常常挨骂，还经常被请家长。班里有个男生叫杜森,他爸爸是博士后,常老师就经常借此讽刺他,说博士后的儿子还经常完不成作业呀!你爸怎么生的你啊?……诸如此类。有一次常老师还叫他站到桌子上挨骂,现在想想他真可怜,他爸爸是博士后招谁惹谁啦,被常老师当作骂他的理由。还有个女生叫黄秋菊,这孩子上小学时经常鬼点子乱冒,为了逃避常老师每星期一次的摘抄(就是抄好句子和好文章)作业真是伤透了脑筋。她有几次把老师红色的评语拿透明胶条粘掉冒充新写的,可惜总是被常老师发现,于是每周一晚上老师批完作业就是她挨骂的时候。我们也没心没肺,常常让常老师骂她的用语给逗得前仰后合。其实都不容易啊,每个礼拜除了抄好句子还有写周记,我们也快被常老师逼疯了,只是我们没有黄秋菊那种奇思妙想,也没有那么大的胆儿。

班里好玩的同学很多,有个女生叫白云静,名字起绝了,可惜长得又白又胖,就有人给她起外号损她。还有一位从小在美国长大的女孩,毕业时送给我一张她穿着花裙子在迪士尼乐园拍的照片,看得我直咽口水,也不知道是羡慕她裙子漂亮还是羡慕她去的地方远。

说起叛逆和大胆儿,谁也没有小时候的同学有能耐。

比起高中、大学退学的"有志之士",他们从小学就开始想退学了。也许当时大家还没有退学这个概念,但他们已把厌学情绪表现得淋漓尽致。和老师"作斗争",不写作业,打架,抽烟,小学时候的"先锋"就是这么干的。

你说我变得多乖呢?老师让我和班长一起负责每天放学时走北门的学生的路队,她要求我们必须出了校门才能解散。我一直严格遵守,直到有个周末同学们心都野了,没有人再按规矩排队,班长也不管,我训了也没用,气得我跑到常老师家去告状。她的上小学的女儿在,见到我就叫姐姐好,还从冰箱里拿出一根冰棍儿给我吃。我左等右等常老师还没回来,就留了张条,写了一下事情的大致经过,刚写完,常老师就进门了。听了我的述说,她呵呵地笑着说这次不用管这么严,没事儿。我目瞪口呆地看着她,觉得很委屈,这趟算是白来了。

有一回常老师还把我给冤枉了。有天中午,我和班里的一个同学在学校的林荫路上碰到了常老师和外班的一个班主任在一起。"常老师好!"我们向她打招呼。"哎!"她笑微微的,脸上的皱纹都舒展成了菊花。我俩乐着跑了,心里还挺幸福。结果第二天的语文课上常老师怒气冲冲地把我俩拎起来骂了一顿，说在路上见了老师不打招呼拔腿就跑，害得她在同事面前丢了面子，我们只好站了一节课。你说这人怎么这么喜怒无常啊！

我们班的牛人，有一个叫吕晶晶的，他比我们班上的同学都大几岁，发育也早，已经有了喉结和胡子，身高一米八左右，基本上是班里最高的。他是男生，却起了个像女生的名字。我一直搞不清楚他到底是我小学的同学还是我初中的同学，想了半天，才想起来，他是我小学和初中的同学。因为玫瑰学校分小学部、初中部和高中部，大部分的小学同学都直升本校的初中。他那时候就打架、骂人"无恶不作"，在进我们班之前曾经留过级，好像还进过工读学校。

吕晶晶挺喜欢我，曾经有个课间他塞给我一张纸条，吓得我赶紧跑到厕所。打开后只见纸条上写着："希望你聪明又美丽，能当上女班长。"我想了想，还是把这张纸条冲到下水道里了。我一直没跟吕晶晶说，其实你看错我了，我不想当女班长啊，我没有那么高的追求。吕晶晶更喜欢小兰老师，他和小兰老师站在一起就像标准的"美女与野兽"。小兰老师生病期间，他组织同学去她家看望她，还带了一条蛇，把小兰老师吓得够呛。

"那蛇是从哪儿来的？"我们从小兰老师家出来后，已经是晚上十一点多了，吕晶晶说送我回家，我问他。

"那条蛇是我家旁边饭馆的，有天晚上下雨它就从笼子里逃跑了，让我给逮着了。"他一边帮我推车一边大咧咧地说。

"是吗？真厉害。"我突然想起他给我递过纸条的事儿，觉得他对我很有好感，不如问问他对我的印象，"你觉得我是怎么样的一个人？"

他好像被这个问题吓了一跳，"和所有的人都一样吧。"

"是吗？哦，哈哈。"我沉默了。

他好像感觉到了我的失望，也不作声了。

"咱说点儿别的吧。"我说，想调节一下气氛，可还是觉得很不舒服，无法做到对这个答案置若罔闻。我还以为他能看出我隐藏至深的某些特点呢，可人家觉得我和所有的人都一样。我刚才的问话是不是有点轻佻？他会怎么想我？

我们沉默地走了一路，那条通向我家的街安静至极，两边的绿树郁郁葱葱，茂盛的叶子从树干旁伸出来，高大的路灯透过树叶漏下橘色的光，美得有些恐怖。

过年时，吕晶晶送给我一张大红色的卡片，里面用英文写着"Friendship"，那时我们还没学到这个英语单词呢。我查了半天字典也不知道是什么意思，还生怕他占了我什么便宜。

班上还有个学生叫雨，他和他的双胞胎哥哥风都是老师眼里的"坏学生"。我倒是觉得他挺可爱的，他哥比他要深沉，他就显得很可爱。我和他走得挺近，老师还警告过我几次。班里同学说雨喜欢我，我也不置可否。我能感觉出来，他对我有好感，我也喜欢他，不过是那种很淡的喜欢。那时候我们喜欢的都是班里的同学，基本上没有喜欢外班的，因为我们的接触面太窄，直到上了初中后，才有班上同学喜欢外校的学生。后来我有一段时间喜欢上了风，这是后来上初中的事了。

那时候老师经常威胁"坏学生"的话就是："再闹，再闹送你们去工读学校。"学校里还真有一两个学生被送进工读学校的。这挺可怕的，在我的感觉中，工读学校就像未成年人的监狱。于是我们只有乖。我们也不敢不乖，那时候社会环境还没现在自由，没听说谁上了高中、大学能退学，我们看中的是学历。

我觉得风和雨两兄弟才是真正的叛逆小孩,那种到了高中以后才开始初露锋芒的人根本不算什么。给我印象比较深的是有天晚上他们妈妈满院子找他们找不着,还通知了学校,后来听说他们只是在玩捉迷藏。雨说:"我们只是在玩呢!"这种漫不经心的快乐语气让我感觉到他们的性格是如此天然,如此难以融入当时铁板一块的学校、家庭和众口一心的没有个性的孩子们。我甚至有些羡慕他们,即使在学校他们是受打击不受待见的一小撮。

小时候大家都单纯,爱憎分明,谁学习好、谁善玩、谁家有钱,就喜欢和谁在一起,根本没想过也看不到更深刻的内心世界。当时我们班有个男生转学时,男生、女生纷纷主动送他礼物,因为他家特别有钱。当时同学都传说他家有好几间大房子。我还送了他几块香水橡皮,维多利亚常常借此来笑话我。

我的普通话已经说得不错了,那时我最好的朋友是维多利亚。维多利亚是文艺委员,她也常常为作业发愁,虽然她每天都基本上能在八点前写完。

小学时的夏天，为了让学生睡午觉，学校的大门在中午两点才开。十一点四十五放学，下午两点半上课。可每天中午一点左右，校门口就密密麻麻挤满了等待开校门的小学生。真不知道当初怎么有那么大的劲头，站在校门口锲而不舍地等待，或到校门口小摊买几毛钱零食打发时间。那时我们最爱吃的是"玫瑰丝儿"，一毛钱一小袋，里面是丝状的甜食。"魔鬼糖"也流行过一阵子，大家课间买来吃，舌头一伸出来都是青的、紫的。后来报纸上登"魔鬼糖"含色素太多，不利于身体健康，老师禁止我们再买，风靡校园的"魔鬼糖"才销声匿迹。还有三分钱一块的"酸三色"、五分钱一块的"话梅糖"，都是我们比较常吃的零食。

后来班里又流行起一个新爱好，那就是养蚕。基本上都是女生在养。从门口的小摊上（又是门口的小摊！看来那里真会引导我们的潮流）买来，然后每天放学后就惦记着去摘桑叶喂蚕。刚开始养时很多蚕中途就死了，很少有能挺到结蛹的时候的。有些蚕是吃了带水的桑叶拉肚子拉死的。还有些人找不到新鲜的桑叶，把蚕活活饿死了。我和维多利亚也都养了蚕，有天晚上，下着大雨，我接到维多利亚的电话，她的声音听起来非常焦急，她说她家没桑叶了，要出门给蚕找桑叶，问我能不能陪她一起去。我吃了一惊，平时维多利亚都不慌不忙的，现在却为了几只蚕急成这样，如果我的蚕快要死了，我会不会有勇气像她一样找朋友求助？我没让这种疑问在脑子里停留太久，就痛快地答应了她，约她一会儿在路口见面一起找桑叶。我跟妈妈简单地说了一下就撑着伞出了门。到十字路口时她还没到。我在大雨中等着她，几分钟后，雨雾里她和她妈妈一起出现在我面前。看到我已经来了，维多利亚妈妈放下心来，叮嘱了我们几句，就回去了。

我平时都去离我家不远的一个军队大院找桑叶。那里有几株很茂密的桑树，一到夏天，我还经常去那里吃桑葚。那里有十几幢小洋楼，可能都是几十年前建的老房子，苏联式建筑，住在那个院里的都是级别很高的军队干部。我认识这里住着的一个孩子，比我小一岁，她爸是军官，她们一家人住着一幢楼，还有小保姆。我暗自感慨道：看看人家，每天还喝酸奶呢！

我和维多利亚连夜打着伞跑进大院，一人摘了一塑料袋的桑叶才走。那天我们浑身都淋湿了。听说她家的蚕就是因为这"救命粮"才活到了秋天。等到了冬天，蚕下了一张纸的蚕卵，后来那些卵都让我给扔了。也许是我家暖气太热，那些卵都被烤干了，没法再孵出小蚕。

我们养了一段时间后也玩腻了，大家接着都又迷上了别的东西，没人再养蚕了。

我们这几届的小学生正赶上上特色班，就是培养课外业余爱好的活动。一个礼拜有几天放学后就见同学们急忙赶着去上特色班，我没什么音乐或数学方面的兴趣，就报了一个航模班，就是用粉笔雕出船的样子，一点都不浪漫。后来航模班学完了，航模班的老师又教我们拿电烙铁焊半导体，一不小心就会烫着手。到现在，我还能回忆起电烙铁那股热乎乎的味儿来。

那个瘦巴巴的喜欢穿鸡心领衬衫、面目和善的老师经常带我们到处参加比赛，上同一个特色班的同学还有得奖的。我也参加比赛了但没得奖，没办法，一到比赛，我就完全不成了，关键时刻掉链子。在比赛完回学校的车上，我小脸蜡黄，感慨自己没有过好日子的命，怎么一坐车就晕车。

后来我参加过一次区运动会比赛，江小湖也参加了。比赛前一天的晚上，我半天睡不着，怀揣兴奋和不安爬起来到阳台打水,用香皂洗了一次澡。没想到正是因为多此一举,第二天换运动服时,我发现小腿皮肤干燥起了皮屑,一擦就下来一层。

可能就是没比赛的天分,我只差一厘米就能进跳远的决赛,旁边的老师和同学都唏嘘不已,我跟没事儿人似的,心情丝毫未受影响。

我们终于还是没有住上那幢楼,它后来变成了商务中心。我们跟着许多住户一起搬进了本院的另外一栋新建的五层白楼。这次还是一间屋,我和邻居家的老太太共用楼道里的另外一间房。老太太估计八十多岁了吧,花白的头发在头顶别成一个精致的髻,挺精神,从皮肤看像个南方人。

她有个刚上小学二年级的小孙女娇娇,又伶俐又可爱。每天放学后都能听到她叮咚叮咚地弹钢琴,她说这是她爸妈逼着她练的,其实她喜欢体操和跳舞。她经常教我练体操,我们在二楼楼道发现了几块席梦思床垫,就在上面开始练倒立。她有时候也和老太太一起睡。

我每天都回自己的屋子做作业,看课外书。有一回,我从同学那儿借来几本叶永烈的科幻小说,《深山黑影》《秘密纵队》《纸醉金迷》什么的,老太太有几天没回来睡,吓得我一个人不敢睡觉,只好开着台灯。

夏天蚊子很多,我就把毛巾被从头盖到脚,头再拿枕巾遮着,只露出两个鼻孔呼吸。从那以后,我再也不怕热了。我常常做作业到十一二点,睡后就像死猪一样没有反应,有一回北京地震,我还是第二天听到议论才知道。

经常和我一起玩的朋友是住在大院里另外一栋楼上的丁翠翠和赵楠。每当周末,赵楠家里就会来一大堆亲戚,聊天打麻将之类。我真羡慕她的家人都在北京。

"上星期我妈打麻将输了几百块钱,我还急哭了呢!"赵楠不好意思地跟我说。我嘲笑她的小气:"你哭什么?反正都是自家人,就是输了也没亏啊!"

"是啊,哭完之后我想通了,以后不想再这么小心眼儿了。"她说。

有一次她家除了一堆亲戚,还来了两个个子高高的男孩,都是她的表哥。我们玩了一下午,他们问我有没有日文名,我说没有,他们就给我起了个"川茜美代子",我还觉得挺好听的。结果上厕所时他们在外面问我带没带手纸,我没反应过来,说"带了,带了",他们一阵狂笑,我这才明白原来这名字的意思是"窜稀没带纸"。

我总盼望着长大,至少长到赵楠的表哥这么大。我多希望我的亲人也能经常陪着我啊,可他们全在老家。

丁翠翠最有心眼儿。比起小气来,我更讨厌心眼儿多的,所以我和赵楠的关系比跟丁翠翠要近一点。可赵楠的妈妈是医生,有点洁癖,我只好经常去丁翠翠家。丁翠翠家在一层,阳台上养了许多绿色的喜阴植物,她一个人住在北屋,房间很大,有点俗气,没有什么多余的装饰。奇怪的是,她后来搬过几次家,但她住过的每一个家都有一种阴凉舒适又略带中草药味儿的气息,偶尔回想起来,我就觉得很神秘。

我们都特爱收集动漫贴纸,主要收集的就是"美少女战士"的卡片。赵楠不玩这个,她觉得太费钱。那天我又像平时一样去找她,在看了我们各自的收藏之后,丁翠翠提出想交换一张卡片。那简直是不公平交易,她的那张很容易得到,我的那张就比较珍贵了。我觉得她提出这个要求就很不可思议,于是拒绝了她,我们吵了几句嘴,我便离开了。刚走出门,她就喊了一声我的名字:"明明!"我以为她要过来说什么,便站住了,哪知她走到我面前,狠狠地关上了门,吓了我一跳。

那次我们一个星期都没有说话,平时路过看到了也互不搭理,就当不认识这个人。原来我们总是结伴去院里的澡堂洗澡,那几天我只和赵楠一起去。公共澡堂原来是免费的,后来改为每次收五毛钱,赵楠为了节约这五毛钱,经常跟看澡堂的人费尽口舌要求免费进入或者半价。我常常觉得不耐烦,甚至认为如果能不让她废话,我宁可请她。

就在那一个星期,我发现我的乳房悄悄地凸起来了。就在那个朦胧的夏夜,我边洗澡边注意着身边大人的身体,心里像藏了个小秘密。

我和丁翠翠和好缘于一个人的到来。傍晚时我到楼下散步正好碰到了她,我以为我们又要擦肩走开了,她却喜滋滋地迎上来说:"明明,一会儿吃完饭来我家玩吧,我表姐来了。"

吃完饭我就下楼去找她。她表姐十八岁,正站在窗边梳头发。

"姐姐好。"我赶紧打招呼。

"你是明明吧?我叫丁欣。"她有点不好意思,嘴边漾着浅浅的笑。

然后她说了一句话，在此后的几年，我们经常笑话她。她问："你觉得我的辫子应该扎红头绳还是绿的？"

我和丁翠翠异口同声地说："绿的吧，红的太怯。"

她仔细地梳好她的长辫子，扎上了绿色的头绳。我、丁翠翠、赵楠都留长头发，平时只扎马尾辫，从来不像丁欣似的编两条麻花辫子。

周末时我就跟着我妈去我爸单位，跟解放军叔叔一起吃食堂。他们训练时我们几个家属小孩就在旁边玩游戏，那帮兵恐怕平常也挺寂寞，经常过来逗我们，我们不招人烦。有时候路过水房，就能看到里面站着几个兵正拿肥皂搓衣服，边洗边用破锣嗓子唱歌，发泄他们的青春。

那时候我怎么没觉得那就是青春呢？每个班里都有一两个胖兵，剩下的都顺条条的，也有几个长得特别精神的，我怎么就视若无睹？在小学四年级的我看来，他们都是大人，都是叔叔。冬天捂棉大衣，夏天在营里就穿绿背心，在兵营外面站岗放哨，周末聚在娱乐房里看电视打台球的叔叔。还有个宣传干事叔叔教过我画水墨画，他平时总拿着一摞稿纸愁眉苦脸地搞创作。

那个军营在府右街,是真正的"城里"。我和妈妈每周末都坐335路公共汽车去,周一早上再坐回来。我弟就不用这么折腾,他在我爸单位附近上幼儿园。让我恐惧的是每次我都晕车,雷打不动地坐两三站就开始吐。去一次就像病了一场,还无法逃避。

晚上他们睡在我爸的宿舍,我就睡在别的解放军叔叔的宿舍,这是属于我自己的时间。我经常先在台灯下翻阅一大摞叔叔平时看的报纸,里面充斥着各种耸人听闻的谋杀和那个年代的人所特有的追求生活的热情、迷惑。耗到半夜万籁俱静时,我就趴在被窝里看《365夜》。厚厚的三大本,半年多就看完了。

看完就接着看别的书,反正书都是层出不穷的。从玫瑰学校的正门回家的路上有家新华书店,都是学习方面的书,教人怎么写作文之类,常有学生和家长光顾。有个书架里乱糟糟地塞满了新出版的小说和文集,我发现一本书的名字很有意思,叫《少年血》,封面上还印着作者的照片,温文尔雅,符合我心目中的作家形象,第二天就管我妈要钱买下来了。

这本书真好啊，里面写了一条对我这个北方孩子来说相对陌生的"香椿街"，还有一些街头小混混的令人匪夷所思的混乱生活。哎呀，南方真乱，随便一个孩子就能闹出那么多事儿来。幸好我生活在首都，祖国的心脏尖儿上，还在具有革命传统的玫瑰学校上学，这真是我的福气。

看了这么多课外书的代价就是检查身体时查出我的眼睛轻度近视，我开始戴眼镜了。

"十一"国庆节那天凌晨，学校组织全校小学生凌晨三点到校，拉练到天安门看升旗。天还黑乎乎的，我们穿着整齐的少先队服，戴着红领巾，步伐一致地从万寿路一路走向长安街。队伍蜿蜒了一里多地，像一条长龙。我们边走边唱歌，从《让我们荡起双桨》唱到《接过雷锋的枪》，把音乐课上学会的歌唱了一遍又一遍。大队辅导员戴着红领巾在旁边给我们打气，走到军事博物馆时东方开始泛白，我们这些国家未来的主人们睥睨着在路边等公共汽车傻愣愣瞅着我们的市民，心里充满了不可一世的自豪感。

我是一个红孩子，内心渴望着激情的事业和理想。升旗典礼时、唱队歌时我的声音最洪亮，队服最干净，表情最虔诚——我恨不得回到过去的红色岁月,当个送鸡毛信的小士兵。小学生应该看的五十部"抗击帝国侵略"和"革命传统与社会主义教育"的影片我看了三十五部。放假就减轻家长负担,免费教楼道里的小孩儿除了音乐(我唱歌跑调,每回音乐课都勉强及格)以外的各种文化知识,我以后想当老师。我们的大队辅导员是我的偶像。她很年轻,又漂亮,却不惜放下身段,总和我们这些孩子在一起玩。

我热爱生活,热爱劳动,热爱体育,热爱集体,心无旁骛,努力学习。课外书除了看《少年血》还看《少年赖宁》。从小学四年级我脖子上挂着钥匙搂着弟弟在各个公园留下的照片上就能看出来我面色平静,眼神祥和得像位四十岁的中年妇女。有时候心如止水和麻木不仁的外表表现居然惊人地一致。我平时在班上还经常调解各种纠纷,不偏不倚,算是班干部里的清廉派代表,深得差生的信赖。学习从来没让父母老师操过心,课下努力和同学打成一片,简直就是德智体美劳全面发展的典范。年底班干部评比,全班五十三个学生,居然有四十八个都支持我接着当宣传委员。

到底是哪几个愣头青不服我管,没投我的票,我心里自然有数。我是不是要找出来与之谈心,就像我爸给小战士做工作一样?

我估计王冲冲就没投我。他住在一栋十八层的塔楼上,跟丁翠翠一个院。我觉得他算是男版丁翠翠。他妈很鼓励我们一起玩,我还在他家里吃过饭,对他妈妈做的蒸土豆记忆犹新。大块的土豆,洗干净剥掉皮,放到锅里蒸烂再蘸盐或料吃,我看得目瞪口呆,平时在家我妈从来没做过类似的菜。他妈说吃饭时不要喝水,对消化不好。王冲冲想喝水了就眼珠一骨碌,让我帮他拿,这样就能如愿以偿喝到水,他妈也不好意思说我。

从外表看,王冲冲小朋友遗传了他爸爸的浓眉大眼和他妈妈的细皮嫩肉,从生活小节的机灵程度来看,王冲冲不亚于黄秋菊。可惜,他们并未看出彼此志同道合,反而总是互相排斥,王冲冲还老欺负她。我们已经初具性别意识,我在王冲冲家玩的时候,楼下走过漂亮的小女孩,他总叫我一起看。他暗恋的对象可能是维多利亚,我只算是王冲冲的一个玩伴,就是一起玩的伙伴。在他眼里,我甚至不是一个女生。而维多利亚,漂亮又优雅的维多利亚,经常穿连衣裙、胸部早已发育的维多利亚,是那么清楚地彰显出一位小学女孩纯洁可爱的风貌。

谁不喜欢维多利亚呢？连我都那么喜欢她。

不过王冲冲喜欢她就是癞蛤蟆想吃天鹅肉！

我经常往丁翠翠家跑，我喜欢丁欣，丁翠翠家总少不了她。丁欣刚来北京的工作是看电梯，看王冲冲他们家那栋楼的电梯。我经常到电梯里找她玩，虽然有条例规定，工作期间不许忙私人活计也不能看课外读物，她还是边开电梯边钩毛衣，小破桌上经常扔着几本翻得烂兮兮的杂志，《知音》《女友》《上海服饰》之类的。里面经常有些家庭暴力的可怕故事，我每看一次就受一次震撼，家庭生活多么恐怖啊！我以后可不敢结婚，男人都是一样的，没有一个好东西。我真不明白，他们为什么喜欢打老婆，太不讲理了！要是我，肯定找几个哥们儿给他废喽……我劝她还是看《读者》吧，那里面的文章多光明向上积极进取啊。

干了几个月后，她婶，也就是丁翠翠她妈给她找了个附近的食堂上班，一天三次轮班倒给老干部做饭。平时她婶家的饭都是她做的，做饭、洗衣、收拾屋子，和我们玩，我们很快就成了好朋友。她的变化是大家有目共睹的，从原来刚到的时候带着土气的农村小妞变成了一位妩媚的大姑娘。说实话，至今为止我也不认为她足够漂亮。她脸上的皮肤很差，长了许多青春痘，性格也不够热情活泼，可是她皮肤白皙透明，五官比例很古典，正像中国古代的审美所说的"柳叶眉，杏核眼，樱桃小嘴一点点"，还有一头乌黑的长发，身材玲珑窈窕，小腰只有一尺八。我常常盯着她的胸脯看，她的腰恰好突显了她那对恰到好处的圆润的乳房。她经常忙碌，纯洁得可爱。我们经常去她工作的地方找她玩，那是个很大的家属院，平时白天也很安静，几栋风格复古的居民楼，几条干净的水泥路，剩下的就都是绿色的草和树。食堂后面还有座假山。从老干部食堂有条路能通向另一个大院，听说那是给各省退休省长们住的。那个大院只有一栋高楼，此外就是大大的花园。这个大院的对面，就是几年后我们共同搬过去的另一个军队大院。那时候那里还是一片废墟，一下雨就淹没整条街，一切都待从长计议。

小学五年级我爱上攒糖纸，经常走着走着看到漂亮的糖纸就蹲下来捡，然后擦去泥，放进口袋。为这，维多利亚没少说我，她说这多脏啊，别捡了。可每次看到地上有漂亮的糖纸，我还是忍不住蹲下去捡起来。我攒了许多糖纸，把它们认真地洗干净，再细心地整整齐齐放到一个大的相册里。每次写作文遇到"我最喜欢的……"或"我的爱好"等题目，我都会写我的爱好是——攒糖纸。班主任屡屡夸我，我想我就是从那时候开始喜欢写作文的。我们原来的绿楼的一个小孩家里经常有高级的糖吃，我就求她帮我把糖纸留起来。

有一次，看着她拿着一块包装精美的高级糖果站在我面前，我终于忍不住了，请求她让我尝尝。"求求你，"我臊眉耷眼地小声说，"我就舔一口。"

她紧紧攥着那块糖，越看越珍贵。我左求右求，她像是想通了，特痛快地说："那我让你舔一口这个糖纸吧！"

"啊？不行，你太小气了！"我气得脸通红，声儿也大了。

"嗯，那好吧，你就舔一小口吧。"她恋恋不舍地看我把糖拿过去，怕我吃得太多。

我觉得她有时候很小气，但她比我小两岁，大部分时候我觉得她还是挺可爱的。

因为喜欢攒糖纸，我认识了一位奇怪的女生。那天我一个人走在回家的路上,一直低着头寻觅地上有什么好看的糖纸,有个女生从后面叫住了我。

"你在找什么呢?"她主动上前问道。

我愣了一下,看她不像是逗我玩,便对她说我在找糖纸,我喜欢攒糖纸。她听了眼睛一亮,说:"我喜欢攒玻璃。"

"啊?"我觉得她说的话很奇怪,怎么还有人攒玻璃?

"你知道我为什么要攒玻璃吗?它们有魔法,能让你看到想看到的东西。这种绿色的玻璃很好找,不太珍贵。"她说着,给我展示了她手里握着的一块亮晶晶的绿色玻璃片,我头一次发现玻璃这么漂亮。

"我最想找到茶色的、红色的和白色的玻璃。最珍贵的玻璃的魔法最大,有一些甚至在你找到以后才能知道它们的作用。如果你和我一起找,我也能帮你实现你的梦想。"我觉得她在说这些的时候有点像个小巫女。

从那天开始,我就一直留心帮她寻找玻璃片。先是发现地上的玻璃,然后小心地把它捡起来,拿回家,洗干净擦干。小小的玻璃片就能在阳光下闪闪发光啦。

"必须要洗得最干净,然后透过它看太阳。你就能看到魔法。"

"这是我们的秘密,不要告诉别人,如果让第三个人知道了,魔法就失灵了。"这是我们认识那天她对我说的最后一句话,说完这句话,我们就在十字路口分手,各自回家了。

我们经常能在同一条回家的路上遇到对方,然后聊起最近又收集了哪些玻璃。她对我说过,有一种颜色特异的玻璃最厉害,能带你回到过去或者任何你想去的地方,但我从来没有找到过那种玻璃。她说那种玻璃埋在地下,也许下雨后能露出个小头,这时候就能发现它。

我拥有了这个珍贵的秘密,就像找到了通往魔法的路。我把这个秘密埋在心里,从未对任何一个人说起过它,只是觉得特充实,特快乐。

整整一个学期,回家的路变成了我们的寻宝之旅。

我之所以这么相信这个女孩和这个秘密,是因为那时候大家都没有理想和追求,小学嘛!连恋爱基本都没开窍,就知道喜欢同班同学,大家平时也基本不在意穿的衣服,反正有的穿就行了。那时好像也没有现在这么多的流行歌,买磁带属于极少数行为，我还是上了初二后，才开始买喜欢的磁带听歌。那时我的偶像是杨采妮。班里的贾佳自告奋勇替我去买，结果他买了好几次，我也给了他好几个十块钱，才把杨采妮的磁带给我买到。那些多出的钱肯定让他给花了。

贾佳这个家伙很狡猾，我常常和他吵架。倒霉的是，我们在小学的几年时间里都是一组，而且我的位子就在他后面，所以我们常常因为对方的椅子碰了自己的桌子而吵架。更多的时候我们是因为各种小事儿吵架，比如说他放了一个屁却说是我放的。他特贫，学习也不好，就长了一张巧嘴。有时候我们特别好，有时候我们特别不好，在特别不好的时候，我就在想我们特别好的时候都是假的。他长得很好看，皮肤像大姑娘般娇嫩，红里透黑，一双眼睛又黑又大，眼睫毛又长又卷。在我们短暂的好的时候，他给我看过他的学生证，上面的他笑得特别动人。他说那时候他跟老师吵架刚哭过，刚抹完眼泪就拍了这张照片。

我们班漂亮的女生很多，男生也都长得很帅，其中有不少都是高干子女，我在里面虽然不是丑小鸭，但也只能算一个各方面都比较普通的班干部，只有学习还稍微说得过去。论家境、论相貌、论学习，我都自愧不如。班里的"三枝花"分别是许岩、苏菲和容儿。尤其到了六年级时,她们简直是越长越好看。快毕业时拍的照片上,她们三个人并肩坐在一起,笑靥如花,整个光环都在她们那里。而维多利亚则常穿颜色亮丽的连衣裙,她有许多好看的裙子,当她穿着那件鲜黄色的连衣裙时,与公主无异。维多利亚给我看过一张容儿的照片,她趴在夏日的阳光下,戴着墨镜,冲着镜头微笑,特别纯情。

当时谈恋爱的并不多,班里暗恋成风,经常有传言谁谁看上谁了,或谁谁失恋了,跟玩儿似的。我从小学三年级一直到毕业,一共喜欢过三个男生,都是同班同学。这三位各有千秋,一个是体育健将,叫江小湖。他个头一般,两眼之间距离稍宽。为了他,我还参加了学校体育队,每周二、四放学去操场锻炼,就为了能跟他有更多共同语言。班上还有一个其貌不扬的女生也暗恋他,也参加了校体育队,好像她一直就喜欢体育,我不知道她到底是喜欢体育多一点还是喜欢江小湖多一点。体育队里有一个同学长得五大三粗,当时学校西边有一大片农田,相传他家就住在那边,我们都觉得他跟这个女生很相配。

江小湖可能早就知道我喜欢他,不过他没有喜欢过我。

真是怪了，江小湖不算是最帅的学生，却有不少人暗恋他，包括"三枝花"中的容儿，她不仅漂亮野性，而且活泼，和男生打成一片，我实在比不了，放在今天，她可能就去玩摇滚了。

另一个男生，听名字就文质彬彬，人也长得风流文静，身若垂柳，弱不禁风，戴眼镜，总是故弄玄虚，总是不肯告诉别人他真正的生日和血型。毕业时他送给我一张照片，用一张白纸包着，抬头是"嘉芙"，特意省去了姓，显得多亲切似的。我看了直激动，还以为这有什么意味呢，打开一看，是他端坐在一辆卡车里的全景图，除了能看出他脸很白外，根本看不清别的。

最后一个男生我喜欢了一段时间就不喜欢了，他是班里的生活委员，爱玩爱闹，眼睛很大，特有活力。我告诉维多利亚我喜欢他，有一次还梦到他抱着我。维多利亚听了我的梦之后表情有点不自然，不过很快就恢复过来，还主动地问我他是侧着抱的还是正面抱的。后来她才告诉我那时候她已经对他很有好感了，听了我做的梦她还有点吃醋。

维多利亚身边一直不乏追求者。她曾经喜欢过一个男孩，那个男孩高大、帅气，脸膛黑里透红，像一匹小马。在恋爱这方面，维多利亚的成功率基本上是百分之百，手到擒来。她甚至根本不用出手，一个眼神就搞定了。

小学时候的夏天总是很炎热，我和老太太合住的屋里没有电扇更没有空调，我已经习惯了高温。常常在写作业的间隙，我就拿出小说看会儿。有时候老太太不回来睡，我就一直躺在被窝里看到凌晨两三点，第二天再六点起床去上课。她还养了盆花，我因为无所事事也养了一盆。偶尔我会从老太太的花盆里偷点土，再从我的花盆里分一点过去。我也不知道她都从哪儿找的花土，特肥沃，让我看着就眼馋。这么着半年多，终于让老太太发现了。她有些气愤又特别得意地跟我谈了一次话，说她早就发现了我的小把戏，只是没有揭穿我，想看看我还想挖她的花土多久。我气得半死，觉得被羞辱了。

从那次谈话过后，我不再挖她的土了，我的花也因为营养不良终于死了。小娇娇知道我不高兴，就过来安慰我，还从她妈妈那里偷来一些时装挂历，让我包书皮用。

有个周末我睡到中午，醒了后觉得身上湿漉漉的，起来一看，床单上的血已经干了。班里的女同学好多都早来月经了,维多利亚半年前就来了。她们这些已经变成"女人"的同学好像结成了统一战线,上厕所都一起去,还老是窃窃私语,分析什么牌子好哪种最舒服什么的,显得特神秘。我经常在上厕所的时候盯着内裤看,希望那里出现一片红色,可它总是令我失望。如今"它"终于如愿而至。我爬起来兴致勃勃地洗了内裤,向妈妈要了一片卫生巾。我沿着既定的轨道成长着,没有什么可担心的。当然,我第二天就告诉了维多利亚,和她一起分享我喜悦的秘密。这个秘密我喜欢的男生都不知道。那时候我们都觉得男生和女生是两个物种,互相不理解又互不干涉。

维多利亚一直觉得我很懵懂,其实她误解我了。有很多概念我早就理解,只是从来没表现出来。我知道她们几个女生早就明白了"SEX"是怎么一回事儿,我在某一天也无师自通地开窍了,可我一直装作不知道,从来不参与她们的类似对话。直到有一天,我说咱们的语文老师长这么胖,夏天睡觉时他老婆得多痛苦啊,她们才嘻嘻哈哈地笑起来,不可思议地盯着我,说:"哦耶,林嘉芙终于懂了!"

真是歪打正着,我其实只是在感慨一个女人在夏天摸着一个胖子该多不舒服。

为了给我们树立健康正确的性别观念，放学后学校在四合院里把男、女生分成两组，分别请医生给我们讲了一堂生理卫生课。我就记得那个胖胖的中年女医生让我们爱护身体，尤其是胸部，不要总是弯腰驼背，这样不利于以后的哺乳。这句话一说完，我们立马站直了，即使压根儿就没把自己和生孩子的妇女联系起来，却也对她说的话深信不疑。

男生组在另一侧，有位男医生在循循善诱，我们不知道都给他们讲了什么，都特别好奇，有的同学就伸头向后看。"扑通"，有个男生热晕了。过了几天查出来他得了甲型肝炎，住院去了。

后来又查出几例肝炎，维多利亚喜欢的那个男孩也在其中。他住院一个多月，出院后，她说他变了，变得流里流气，整个一小痞子。那个男生在知道维多利亚不再爱他后还痴心不改地爱着她。维多利亚说有天她正在屋里写作业，好像听到防盗门响了一下，从猫眼看没人，就打开门，看见地上有一盒刘德华的磁带。她知道是他送过来的，磁带也是她正想买的，可这只能让她感动，无法令她重新爱上他。"可能是我对他关心得太少，他住院的那段时间咱们一直上课，都没时间去看他，也不知道他是怎么变的……"

在她的心中，对人一直有种判断标准。如果是我，我不会因为这个理由而不再喜欢一个人，但我仍然对她这种慧剑斩情丝的果断十分佩服。

即使失恋了，维多利亚也看不上王冲冲，她平时根本就不理他。

上课、学习、排路队回家；每到春天三月五日就唱着"学习雷锋好榜样"上街干好事；课间跳皮筋玩双杠；第二节课做完操回班喝乐家奶；春游秋游带一根火腿肠、一袋面包、一包榨菜，不可缺少的是软包装饮料；唱着"一年级的小豆包，一打一蹦高儿"欺负同学；学骑自行车磕得两腿发青；数不清的课外活动、特色班、兴趣小组；周一升旗时还有隆重的仪式，戴红领巾唱队歌国歌；胳膊上别着两道杠代表中队长，每周一次的班会……

节假日去北海公园、中山公园，周末去玉渊潭滑旱冰，夏天吃两毛钱一根的巧克力冰棍儿，冬天吃糖葫芦、炒栗子，便宜的冰壶儿里都是色素，一吃就拉肚子……

在课间倒立着玩双杠时我突然摔下来了，掉在红砖地上，砸得我出了一会儿神。那几秒钟我心情舒畅，除了脑袋有点疼，上课的铃声又响了……

就这么着，我小学毕业了。小学时，我常常琢磨的问题就是：我到底喜欢哪一个好呢？他们三个到底哪个最优秀？甚至有时候在梦里同时梦见三个人。答案是，我越来越喜欢江小湖，而慢慢淡漠了另外两个人。因为有一次我再次问前者的生日，他含糊其词，而后者也喜欢上了维多利亚，我对他彻底断了念想。对江小湖的迷恋一直持续到初中，很巧的是，初中分班，江小湖还是和我一个班。而维多利亚则分到了初一十班。

毕业的那个暑假是我和维多利亚在一起的最后的快乐时光。我们一起学会了游泳。我和维多利亚一起报名学蛙泳，我们每天下午一点半在十字路口见面，然后骑车半个小时去学习。在这之前，我和丁翠翠一起学过最简单的仰泳，去过几次后她被水吓到了，之后坚决不再去了。我只好一个人骑车去学。

那个夏天充满了消毒水的味道和游泳衣的记忆。每天傍晚，我们精疲力尽地骑车回家时，都会买点巧克力、冰棍、口香糖之类的零食边骑边吃。有一次，有条"吊死鬼"从马路边的槐树上掉到了维多利亚的裙子上，我们大惊小怪了一路，谁也不敢再接近槐树边骑车了。

我们还一起参加了学校组织的夏令营。一共一个星期，每天都睡在搭成宿舍的教室里，醒了就坐车去北京周边参观景点。学校变着法儿给我们做好吃的，我最喜欢吃的就是鸡肉青菜盖浇饭，夜宵是粥加咸菜。我只参加了三天夏令营就退出了，因为参观"地道战"原址后回学校的路上我大吐不止，大队辅导员把我送回了家。一进屋门我就晕过去了，晕过去之前最后的记忆就是她低头俯视我的那张漂亮白皙的脸。

暑假的一天中午，我在三楼楼道里碰到一个年龄相仿的男孩，手里拿着个饭盒，正要去食堂打饭。看他的样子不像是刚搬来的邻居，可能是客房部住的客人的孩子吧，因为这栋楼从一楼到三楼都是军队内部的招待所。我们两个盯着对方看，都觉得挺有意思。后来我们又碰见了几次，他说他叫程鹏，也是刚小学毕业。"你是什么星座的？"他问我。

"我也不清楚……"我想了一会儿，"可能是双子吧。"我总感觉我有双重性格，我家没有星座书，我吃的一种零食里面会把星座卡片当赠品，我就得到过一张双子座的星座介绍，星座分析我觉得也模棱两可。

"哦。"他好像挺失望的样子。

第二章　奇怪的孩子

我再次在路上遇到了我的神秘的朋友，她拉着我询问最近有没有捡到漂亮的玻璃。在她面前，在这件事面前，我永远是她的下级，她一直在催促我多捡点玻璃。有时候我把自己捡到的宝贝交给她，她总是一副不满意的样子，说我捡的玻璃达不到标准，不能让魔法显现。

我盯着她，好像没听懂她在说什么。她提高声音又问了我一遍：最近你有没有捡到什么漂亮的玻璃？

我突然开窍了，在那电光石火的一瞬间，我什么都明白了。我明白了这只是一个谎言，明白了我早前的一无所知。我甚至恨自己为什么突然明白了，但我无法阻止我的大脑，它告诉我，这个世界上没有魔法这回事，也没有什么玻璃造成的神话。

我无法再装下去，就像我第一次相信她一样，我现在完全不相信了，如果换成是丁翠翠或者任何一个头脑清醒的同学，第一面就不会相信她的鬼话。

我倒吸了一口凉气，再次打量她，这次我终于看清楚了：她平凡至极，土了吧唧，穿着校服，比我矮一头。很显然，她只是玫瑰学校一个低年级的学生，一个比我小的普通女生。她对我来说只是一个奇怪而陌生的孩子。

"你怎么了？"她问。

"我知道了。"我说。

"知道什么了？"她试图引导我的回答，"你不懂我的意思，我说的……"她轻松从容地解释着，好像真有这么一回事儿似的。

我突然被激怒了："你骗我！你这个大骗子！"

我快步向前走去，走着走着，我就跑了起来。好像要跑翻这条路，好像要跑出我愚昧无知的少年时代。我发现我如此痴，我觉得非常失望，我多么希望这些玻璃真如她所讲，我多么希望宝石能实现理想……可这都是假的，换成任何一个人都不会相信她的鬼话，只有我，毫不犹豫就相信了她。为什么她要骗我？因为我看上去好骗？

你这个骗子，我替你难过。

那个秋天，我家也跟着院里的许多住户一起搬到了离学校更近的一个军队大院。丁翠翠一家就住我们隔壁，比原来更近了，赵楠家不够级别，没搬。小小年纪我们就学会了攀比，嫌贫爱富，只跟同级别的圈子里的小孩玩。

我很少再碰到那个女生，就算再相遇我可能也认不出来她了吧。

这件事就像从来没有发生过。就像附在身上的光环消失了，我又恢复了原貌。从各个方面看，我只是千百万孩子中毫不起眼的一员，我只是无数只红苹果中的一只。尽管我自诩比他们更敏感、更多情。但即使是这一点，也从没有人看出来过、在意过。

也许那个女孩子发现了，但她只是骗了我。

我们恋恋不舍地离开了小学部的四合院似的教室，搬到了明亮的初中部教学楼。初中部教学楼和高中部教学楼遥遥相对，中间有一楼的走廊和二楼延伸的空中走廊。教学楼为白色，四层高。下面是高大的柳树，正对着篮球场。教学楼左边是阶梯教室，供开会和中午吃饭用。怕同学们无聊，中午吃饭时，阶梯教室还放动画片。玫瑰学校的高中校服是我见过的最美的校服，衣服是天蓝色，设计精良，后面印着玫瑰学校的标志。穿上玫瑰学校高中校服的大哥哥、大姐姐，每一个都是那么生动活泼、和蔼可亲，还特有思想。

刚开学我们就开始了军训。班里大部分还是原来小学的同学，别的同学也基本上是从附近的小学转过来的。我竟然在新同学里见到了程鹏，我们居然分到一个班了，在这之前他可没说要上玫瑰学校。从他看我的神色里我发现他也对这个巧合忍俊不禁。

那几天真是秋老虎，阳光猛烈，我们站在操场上汗如雨下，每个人都晒得黑里透红，抹了防晒霜也不管用。

按说有个美丽的开头也应该有个美丽的结局，哪知开学没多久我和程鹏就闹了一场纠纷。他分在我后面坐，天时地利人和，上课时我们经常趁老师不注意聊天，就连班主任的历史课都不放过。结果那天他说了一句话把我惹急了，我灵机一动趁他不注意把他铅笔盒拿了过来。

"还给我！"他小声地吼，还用手捶我的椅子，像是威胁又像是撒娇，简直是标准的小孩举动嘛。

"就不还，看你怎么办！"我得意扬扬地说。

"我数三下啊，你要是再不还我我就告老师了。一、

二、三……"我还没反应过来，他就已经站起来了，"报告老师，林嘉芙偷我铅笔盒。"

我被他的敢说敢干吓了一跳，只好也跟着站了起来："老师，我不是故意的，我是跟他开玩笑……"话一出口就觉得不对劲，怎么能在上课时跟同学开玩笑呢?

李老师盯了我们几眼："你们俩下课一块儿去我办公室，好好谈谈到底是怎么回事。"

"哈哈哈……"同学们都笑起来，我耷拉着脑袋，哭笑不得，心里充满对他的怨气。从一开学我就发现李老师很欣赏我，她大概三十多岁，说话带山东口音，特别亲切随和，这次我肯定给她留下了坏印象吧?

下课后，我们一前一后进了办公室，谁都没理谁。幸好李老师只是批评了我们几句，就让我们走了。

从此以后，我们就刻意淡忘了我们那有趣的相识，每次见面都不忘怒目相对显示自己的清高。我已经没必要告诉他了，其实我不是双子座。

我慢慢在新搬进去的大院混熟了。本院只有一幢楼，楼后面有个比例不算小的花园，里面树木和杂草丛生，花坛里种着品种各异的玫瑰和月季花，晚上经常有大人在里面聊天、遛弯。

同楼住着许多上初中高中的孩子，住在八楼的兔兔比我小一岁，也在玫瑰学校上学，喜欢画日本漫画，长着两排洁白又整齐的牙齿，两颗漂亮的兔牙让她有了"兔兔"这个昵称。可她却说最想要的是像我那样的两条长腿，也许是因为受了日本漫画里的美女的影响吧。

她是我从小就认识的朋友，双方父母早就认识。她父母关系很冷淡，平时两个人都不怎么说话，回家以后就在自己的屋里待着，好像从她很小的时候就开始了。她爸爸是转业军人，现在做生意。生意越做越大后和她妈的裂痕就更深。兔兔跟我说她更喜欢她爸爸。她父母在家基本都不做饭，所以她很早就学会了做饭。有时候我妈做了好吃的，我就叫她来一起吃，她每次都特高兴。她妈妈倒是很喜欢我，因为我每次去都会夸她长得漂亮。

我们常常去附近一个军队大院的露天游泳池里游泳。夏天的游泳池里到处是附近来游泳的学生、一家三口和三五成群的年轻人。

兔兔穿上泳衣显得很丰满，平常被宽大校服遮盖的胸看起来不知道比我大了多少,经常有男孩凑过来和她聊天。在兔兔面前我一直都有种优越感,一直觉得我才是我们两个关系的主导,游泳时却发现自己缺乏魅力,有点挫败。直到有一天,我们在回家的路上碰到了另外一个同学,我和她有说有笑地聊完后,兔兔一路闷声不响,直到我问她,她才委屈而不解地问我:"为什么你对别人的态度都比对我好?"

住在五楼的是郑泽,在西城区上学,不怎么合群。有时候我会去找他聊天,直到这时他才会滔滔不绝起来。他姐姐很漂亮,上职高二年级。

和我一样住七楼的马洁在翠微中学上学。六楼住着一位玫瑰学校的高中生。我不知道他多大,只是经常在放学回家的路上看到他穿着高中校服和几个学生并肩骑车,偶尔还会看到他和一位同班女生走在一起。他特爱踢足球,我们院里的男孩几乎每天晚上吃完晚饭后都聚在院子里踢球。院里的女孩从来不掺和这些男性化的运动,郑泽也从来不参加,他更喜欢打牌或在家待着。

出于惯例和寂寞,我喜欢跟看电梯的女孩聊天。看电梯的人总是换,不是回老家了就是另谋高就,很少有人能一直看上半年。现在换了个农村老太太,说话大嗓门,爱憎分明。忘了我怎么招她的了,反正她一见我坐电梯就皱眉头,有时候还故意愣着不动让我自己摁电钮。我俩针锋相对,特不对付。也忘了后来我们是怎么好的了,她一见我就眉开眼笑,不打不相识,越打越亲,她跟我是老乡,怪不得脾气都那么像。我们一老一少把电梯当成了私人空间的乐园,边嗑瓜子边唠嗑。再后来我搬家了,每次路过大院门口,她大老远就喊我的名字:"明明!"

我仍然喜欢着江小湖。又和他分到了一个班,这不是缘分是什么?我更加相信他从前对我的毫不在意仅仅是将来我们热烈相爱的一种必不可少的过程和考验。

他对我不再像小学时那样爱搭不理了。初一流行打乒乓球,中午吃过饭后,我们常常到学校的乒乓球台一起打球。在打球的过程中,我也不敢跟他多说话,怕他烦。打了几天球,我发现我多了一个对手,她也经常跟江小湖在课间打球,每次还都聊得很开心,不像我目的不纯,没有把打球当作第一要务。这个女生叫李艳艳,从外校转来的,名字起得巨俗无比,脸长得很方,所幸眼睛挺好看,睫毛很长,毛茸茸的,像熊。

很快我就发现李艳艳和江小湖关系不俗，课间他们经常一起打乒乓球，特别融洽，这一切我都看在眼里，愁在心上。好不容易又和江小湖分在一班，怎么能让别人这么快抢走呢？

我想找李艳艳谈一谈。应该给她约出来跟她说。

我应该告诉她我是多么喜欢江小湖，如果她没有我喜欢得这么强烈，就应该让给我。也许她只把江小湖当一个普通朋友，可他对我来说就是一切。而我连当他的普通朋友的资格都没有。或者，我应该给这次对话录音，省得她后悔。

那一段时间，我一直在想这件事。唯一让我感觉难办的是，买一个小的随身录音机太贵了，我没钱。就算是买了，也难免露馅。我甚至都能想到遇到她时我的局促。

李艳艳扎一个辫子，上面常常戴一朵大黄花或两颗小樱桃。王姗姗和我曾经研究过她的发饰，最后得出结论是在附近的一个商场买的，挺贵。

王姗姗后来成为我初中前两年最好的朋友。可惜后来发生的一些事情，让我们几乎形同陌路。

那时候我们就有了送礼的概念，班上的好朋友之间过生日互相都会送礼，基本上在二十元之内。维多利亚每次过生日我都会送她礼物，唯独那一次，我发现江小湖也在十月过生日，可我的零花钱只够送一个人的礼物。在友情和爱情之间，我生平第一次选择了重色轻友——我送了江小湖，而装作忘了维多利亚的生日。维多利亚并没有流露出丝毫不快，她也装作忘记了我没送她礼物这件事，尽管我清楚她并非毫不在意。我很内疚这样对待她，好几次去她家玩时我都想开口解释，每次又都欲言又止。

那时我每个月的零花钱只有十块钱，有一次和朋友一起逛礼品店，看到一只卖三块钱的粉红色的大肉虫子玩具很好玩，事后每个人都买了一只，我妈说太贵了，没给我钱。每次秋游春游，我也基本上只有十块钱零花钱，维多利亚有一回说她爸爸小时候家里很富，他逛庙会时他妈就给他十块钱随便买东西。"那不是地主吗?!"

我给江小湖买了一本"生日密码书"当礼物，书上详细描写了与他同一天出生的人的特点。在送给他之前，我已经仔仔细细地看了好几遍，几乎把每个字都背了下来。为了节省开支，我用了便宜的塑料包装纸，但是没送出手之前我自己就觉得太廉价，又扯下来想换成纸的包装。但我没有钱再去买贵一点的包装纸了,就把家里的旧书、旧报纸、旧的纸盒子什么的找出来,到楼下找了个收破烂的大爷卖了,用卖废纸的三块钱重新买纸把书包装好。

那天他过生日时,我把这个礼物放在他的书桌里,特意叮嘱他回家再看。我偷偷地想他看到这本书时的心情,觉得既兴奋又害怕,还有点神秘兮兮。他坐在后排,除非转过头,否则别人看不到他,我坐在和他相邻的一排,只要稍微扭过头,便能注意到他。我一直注意着他那边的动静,希望他能遵守我们的约定。可是下课后,我还是发现他已经打开了包装纸,我精心选择的包装纸被他扯作一团,随便扔在乱七八糟的书桌里。

尽管早有心理准备,我还是感到一阵难以忍受的痛苦、沮丧和绝望。但这种感觉并不强烈,长时间以来,我已经习惯了那种被江小湖看不上眼的感觉了。他要是认真地收起来并且对我来点友好的回报,我也许还不适应了呢。

从那以后,我便不再喜欢他了。我喜欢上了另外一个人——雨的双胞胎哥哥风。也正是因为他,我开始练习写小说。

他们身上带着海潮的气息。像阴天和哗啦啦的下雨天,像大雪落过白茫茫地呼出的第一口空气。既缠绵悱恻又带有隐约的宿命论,即使当时我们都看不到那么远。是爽朗、细腻、神秘和感伤的完美结合。

班里还有一对双胞胎,一男一女,女孩稚气内向,男孩活泼爱动,老师总说他有多动症。他们跟风和雨两兄弟一点都不像。

雨和我一个班,我经常辅导他学习,也知道雨隐隐喜欢我。雨说他的眼睛有点近视但是没钱配眼镜,我便把我的送给了他。正巧,班里的胡小婷说她在翠微路一个诊所治眼睛,我也跟着去。班里的男生贺征平时跟我关系不错,他经常陪我一起治疗。

那时风、雨两兄弟在学校都算是坏孩子吧,他们应该就是我最初的崇拜对象,我以后走的就是和他们一样的路。可惜当时我并没有领悟到这一点。

那是个夏天的傍晚,天还是很亮,我洗完澡,穿着白T恤和干净的宝蓝色牛仔裤下楼去散步,头发还没有全干,滴滴答答向下淌水。楼上的几个男孩正在左侧踢球,我眼睛一亮,那个不知名的高中生也在,就走过去冲他微微一笑,算是打过招呼。他刚开始好像有点惊讶似的，很快就也冲我笑了一下："来了？踢吗？"

我连忙摇手，说我踢得不好，下次吧。过了一会儿他走过来，我上来搭话："你叫什么名字？"

"我崇拜巴乔，你就叫我九乔吧。"他反应特快，我给逗笑了。

"那你真名叫什么？"我问他。

"下回咱们踢球时我再告诉你吧！"他笑嘻嘻地说，"我先教你几招。"

他教我踢足球，我们在一起时也总是谈论足球，从那天开始，我成了院里唯一跟男孩一起踢足球的女生。我们翻越了隔壁一家中学的围墙，冲到操场上，这可比局限在一个小院里踢爽多了。

"哎，你叫什么名字啊！"我锲而不舍地追问。

"这很重要吗？"他眼神游移着，反问道。

"当然，就算你不告诉我，我也可以问别的孩子，那时候你可保不了密了。"

陈宇磊穿着干净整洁的蓝校服，冲我回头一笑。他又高又瘦，戴一副近视眼镜，经常戴顶红色的棒球帽。他比我大三岁，已经是高一的学生了。看到他就像看到我的将来，我是一点也不怀疑自己还将在玫瑰学校继续上高中，虽然大家都说玫瑰学校的初中比高中强，附近的玫瑰中学（听说原来是玫瑰学校的高中部，后来独立了）更强一点。当然大家都知道最强的是四中、八中，另外还有一些大学的附中，可能力有限，老师也从初一就教育大家最保险的就是直升玫瑰学校的高中部。老师还经常吓唬我们说谁谁谁中考没考好考到了××中学、×××中学，全都是这片儿最差的学校，周边环境很乱，学生也不服管，我们要是上了这种学校就基本上考不上大学了。老师并不拿职高、技校举例——很显然，它们不够资格。我想，等到我上高中时，陈宇磊都已经上大学了，他会考上哪个大学呢？这太远太缥缈了，让我有点莫名地伤感。

没送维多利亚生日礼物的事一直梗在我心里，像块铅块一样沉重。不知道维多利亚有没有怪我，我们也一直没提起这件事，直到过了几个月，我才终于鼓足勇气开口向她坦承，我用那钱买了给江小湖的礼物。她没生我的气，只是笑着骂道："你这个多情种子啊！"

第三章 初恋

　　李艳艳在班上的势力渐渐大了起来。李老师很喜欢她，而我对她的一部分不信任完全来自直觉和她后来者的姿态。

　　她还和原来一直没什么人搭理的黄秋菊越走越近。之所以选择这样一个不入流的朋友，李艳艳也是迫于无奈，她刚来到这个班，必须要有一个朋友，只有选最弱的人她才能最快将其打动。不知道为什么，我从小就同情那些不受欢迎或者有怪癖的人，黄秋菊喜欢在有限的范围内（例如写作业）耍小聪明，自从常老师当着全班同学的面讽刺她拿胶条粘掉评语冒充新日记后，她就变成了笑柄。她长得又瘦又矮，在雀斑还没有成为时尚潮流前，她就已经提前长满了一脸。她的父母也是比普通人还要普通的普通人，玫瑰学校里的学生虽然基本上也都是就近上学，但有许多家长很有势力，不少都是军队或者周边单位的人。没人跟她玩，我就经常跟她说说话,我实在是见不得有人受冷落,即使这个人再猥琐。

李艳艳和黄秋菊走在一起后,我也没有去抢夺她。我还有两个更好的朋友,阿杨和阿萌。她们两个是邻居,很小就认识,比跟我要好得多,跟维多利亚也很熟。自从维多利亚分到外班后,我就觉得她俩像是她派出的代表,我必须要和她俩处好关系。原本我每天回家都走北门,为了跟她们多待会儿,我就陪她们走学校正门回家。她们刚开始有些话还悄悄说,不让我知道,但后来慢慢松懈下来,真正把我当朋友了,因为我很执着地每天陪她们一起放学,就算是初一下半学期王姗姗喜欢上我以后也不例外。王姗姗就像她的名字一样可爱,一张脸下巴尖尖,眼睛大得不成比例,嘴很小很红。她跟我说过最喜欢自己的嘴,但我还是最喜欢她的睫毛,她有着我们同龄人中很少见的两扇又长又翘的睫毛。她个子娇小,剪一头乌黑的短发,喜欢穿颜色鲜艳的运动衣。在娇小的身材下隐藏的是她泼辣好强的性子。不知道她为什么喜欢上了我,我无所谓,我喜欢我的朋友,也喜欢她。可她见不得我每天陪阿杨和阿萌,因为按我们回家的路,从北门走正合适。我不愿妥协,还是照旧走正门。

班里相好的女孩都天天黏在一起，除了上学、放学、课间，连上厕所两个人也在一起。如果谁和别人亲密了些，对方还会吃醋。在同一个班上，还常常传纸条和写信。这就不难理解王姗姗为什么对阿杨、阿萌颇有敌意，和对我经常和她们在一起不满了。

现在想想，我能理解当时王姗姗面对我和阿杨、阿萌的友谊时的妒忌了。她对我说，人家两个人挺好的，你掺和什么呢？我们在一起多好！

可这话我当时怎么听怎么别扭，而且感觉功利。我试图让她了解友情是不分你我，是不分多少，是博爱而没有距离，是天下大同一视同仁的……可惜我没做到，我也没那么好的口才。而且再怎么说，事实胜于雄辩，我更喜欢舍近求远，也不想和王姗姗一起从北门回家，虽然那最近是我回家的路线。后来我和阿杨、阿萌的友谊成了王姗姗的一块心病，这也是我们后来交恶的原因之一。

我们的友情有些像爱情，她希望我的眼里只有她，她是那么现实和专一，而我是如此多情和淡漠。我们常常通信，前一个晚上写好信，第二天给对方。我在信里对她说，我希望大家都是朋友，我不愿意只当你一个人的朋友。想想也可笑，我居然十分严肃地给她讲了好多道理。第二天我把信给她看，她没有等到回家以后，而是当着我的面立即打开，用五秒钟的时间看完了信，拿出红笔在纸上打了一个大大的红叉，写上"绝交"两个字，趴在桌子上呜呜哭了起来，整个过程迅速得令我惊诧。

她的眼睛哭得又红又肿，我对此很不理解。我甚至无法体会到她的痛苦，只觉得很可笑。

很快我们又和好了。她那时候很依赖我，总是轻易原谅我。有一天傍晚我们一起上厕所，她在外面等我，我出来后正好夕阳照在我脸上，她说那一瞬间突然觉得我很漂亮。

我看着她，以为她在开玩笑，可她没有，她的表情很认真。

从来没有人说过我漂亮，只有一次做值日时，绑辫子的皮筋突然松了，我就把头发散了下来。吕晶晶的一个小弟看呆了，过了一会儿才感慨道："你刚才的样子……还成……我都认不出你来了。"

啊，什么叫"还成"啊？我哭笑不得，他也算是个让老师头疼的学生，真不知道我为什么总是吸引到这样的男生。

我和另外几个女生慢慢变得紧密起来，我也有了属于自己的"小集团"。每位成员都有个艺名，张科叫真神威，刘薇叫和小鸟（她们说是从漫画小说中取的名字），我因为喜欢银色和橙色取名为银小橙，王姗姗很像当时"和路雪"出的一种冰激凌，就叫王可爱了。后来又加入了苏倩，艺名苏白羽，算老四。我们五个人各有特色，张科有点像男孩儿，大大咧咧的，认识好多校外的人，她经常在言辞上欺负我，一不高兴就骂我，大家都觉得我没必要对她忍气吞声。天可怜见，我当时只是气了一阵后就不气了，我从来没有真正生过她的气。可能潜意识里，我觉得她就有资格欺负我。她"老婆"刘薇长得很白，体态丰润，不爱说话，好像有许多不可告人的小秘密。张科对刘薇很好，没怎么说过重话。王姗姗性格好强，嘴巴不饶人，像一枚小辣椒。苏倩比刘薇更白，白得透出蓝色，柔弱极了，几乎带点病态，像个娇滴滴的旧时代小姐，恨不得经常在手里扭着一块手绢。苏倩喜欢画少女漫画，经常带她的画作来给我们欣赏。画中的人物无一都是她的替身一样。她在成为王姗姗最好的朋友之前一直在"追"她，就像当初王姗姗"追"我一样。而王姗姗对她虽然也是好生相待，但比起对我还是差了好多。苏倩经常吃我的醋，对我态度很不好，爱搭不理，不是出于冷淡，而是出于敏感。

她跟我关系很差，究其原因，和王姗姗一样，她们都要独自拥有一个人。偏偏都难以得逞。

一天，放学后我发现家里来了位大姐姐，一见面我就对她有好感。听妈妈说她是老家的亲戚，现在在大连海事大学上学。跟丁欣不同的是，她是一位有着淑女气质和知识分子风采的女孩，无论是从穿衣还是举止，看起来都那么成熟、温柔。她给我留了通信地址，我们约好通信联络。一个星期后，就收到了她的来信，信纸精致地折成松树的形状。

林嘉芙妹妹：

这段日子过得怎么样？挺舒服挺轻松的吧，心情也特好吧？国庆节学校放假了吗？玩得怎么样？开心吗？噢，你瞧我这一大堆问题，啧啧，真没劲！

我们国庆节放了一个礼拜的假，本来打算回家探亲，可是海上风大，船摇晃得厉害，我怕晕船，就和同学去大连的风景区旅游了。去旅游的有好多大学生,虽然素不相识,可谈得挺开心,晚上我们还围着篝火跳舞、唱歌,沙滩上的沙特细,捧一把的感觉真好。那晚我还结识了许多新朋友,还有一个蛮不错的男孩子,和他跳了一晚上的迪斯科,聊了一晚上的文学与写作。临走时他还送我一束花,很香的一种,我好喜欢。

又是一个周末。闲着没事,试着对镜化妆,画眉细细长长,画眼圆圆黑黑,描唇红红薄薄,然后呢,穿件漂亮的长裙,一件白毛衣,到舞厅去走几步舞,感觉就是不一样。可惜,跳了十分钟就跑出来了,里面太乱了,空气也不好,音乐吵得我耳朵痛,而且跳舞的人太多,踩坏了我的皮靴,心疼得很。

唉,何必去那种地方呢!我在路上走走也罢,晚间夏凉,月亮真圆,心情真好!

当然,最后不忘给你一个大大的KISS。

祝你

开开心心!永无烦恼!

姐姐:刘颖

看了她的信，我真羡慕她的大学生活啊，算了算，还有五年我才能上大学。玫瑰学校五十周年校庆时，学校请回了许多校友，我们看着他们，觉得以后肯定像他们一样，回头玫瑰学校一百年校庆还得请我们再回来回首往事呢！

一天中午，我和张科路过高中部的天桥，突然有一只足球从上面滚了下来，好几个男孩趴在桥上向下张望着找球。突然，我看见了陈宇磊，他也发现了我，冲我大声喊："嗨，林嘉芙，帮我们把球扔上来！"我慌忙去找球，张科帮我把球扔上去，反问他："你是林嘉芙什么人？"我们谁都没料到她问出这一句，陈宇磊一愣，继而大声地喊道："我是她哥！"

"哦，是这样啊……"张科没话说了，转了转脑袋，向我意味深长地眨了眨眼睛。我悄悄地扭过头，把热辣辣的脸靠在她的肩膀上，无声地笑了。

我一直很喜欢上李老师的地理课。初一上半学期快结束时，李老师鼓励同学们可以自己当老师讲一堂课，李艳艳报名了。

那天她讲得结结巴巴,非常紧张。同学们一直在说话和小声地笑。她叫贺征回答一下问题,贺征站着一动不动,什么也不说。这其实是一个很简单的问题,李艳艳就差直接把答案告诉他了。而他还是笔直地站着,不苟言笑,就像真的不知道如何回答,这只是一种不合作的态度。我为贺征和我站在同一战线上而热泪盈眶。同学们乱作一团,我在台下笑出声来。事后贺征对我说,他一直看不起李艳艳这种想努力往上爬的小官僚的习气。

李艳艳局促不安地站在台上,有些无助地看着大家,气愤地小声叫我的名字:"林嘉芙!"

我愣了一下,没开口。

同学们都窃笑起来。

我回过头,看到李老师的脸,一瞬间竟有些后悔起来。但李老师还是对我好,那时候全班同学都喜欢她。她曾经对我们说,她要一直带我们班,直到我们一起上高中。她说这些话时,我朝窗外看去,天空湛蓝,有几只鸟儿飞过空中。我竟有了些安全感。

春节,班里同学总是要互相送贺年卡,我和维多利亚一起挑了许多漂亮的卡片,都送出去了,不够,又和兔兔一起在小批发市场买了一些。我弓着腰挤在买贺卡的人堆里,一会儿就觉得特累。跟兔兔抱怨,她说:"你把腰直起来不就得了?"真是一语惊醒梦中人,我怎么就没想到直起腰也可以挑贺卡呢?

最后,李艳艳也送了我一张,这个试图拉拢我的举动在我看来完全是个笑柄,何况她给我的是张剩下来的特别次的卡,单位发的那种。或许她不跟我们一样虚荣,这个可能性也太小了,这不是抠门吗?一打开,里面居然密密麻麻地写着一些问题,第一个就是"你和王姗姗关系怎么样?"剩下的每一个我都觉得特别讽刺——"你对我的印象如何?""班里你跟谁最好?""你有自己的小秘密吗?能告诉我吗?""你给男生新年贺卡吗?""你的心上人是谁?"

放下贺年卡的一瞬间我真想放声大笑——她要是觉得这样能打动我,可就太傻了。

寒假,院里贴出了一张"寒假冬令营"的告示。活动的房间就在地下室,无非就是写作业、看课外书。听到冬令营的解放军叔叔说希望我们把课外读物捐出来,我响应号召,捐了一本我最喜欢的《高山下的花环》。看着他把书放进书架，我有点后悔了，真希望以后来的小孩能珍惜这本书。我去过几次，也就不再想去了。

雨开始约我去他家玩。他妈很喜欢我。当时并没有见过他们的父亲。总之，风、雨、他们的妈妈，构成了他们的家庭，我并没觉得有什么不妥。我几乎隔一天就去一次他们家，他们经常带我去他们妈妈的单位玩。我常常在那里一玩就是一下午，等到天擦黑才骑自行车回家。我常常去他们家，很大一部分动力就是因为我想看见风。还有一部分原因是我在家里得不到的温暖都会在那里得到。他们的妈妈会给我们做饭吃，甚至还带我们在外面吃过饭。还记得在外面吃饭时，风开玩笑地说："嘉芙，我妈特喜欢你，可能想让你以后当她的儿媳妇。"我不好意思地低头笑了。然后雨问我："你有英文名吗？"我说："有，叫Linda。"那时候，同学之间不仅流行起英文名，甚至连日文名每个人都有几个。那时我们受日本漫画影响非常大。

我跟雨经常聊天，他在我心里就像小弟弟一样。他们双胞胎差别那么大，风很严肃，常常冷着脸，看起来比雨成熟多了。我感觉我有点喜欢上了风，我甚至帮风抄英语作业，好让他有时间在客厅和雨一起看电视。雨进来看到这一幕，酸溜溜地说："林嘉芙更喜欢我哥。"

我最后一次去他们妈妈单位时，仿佛是个标志，标志着我和他们无忧无虑的友情已经到了尾声。那也已经是寒假的末尾了。风穿着蓝色的毛衣，我说你穿这么少，不冷吗？风好像有点不耐烦，在我的注视下稍显局促，他说："我不冷，我冬天连毛裤也不穿，只穿秋裤，我现在就穿着秋裤。"风还问我害怕什么动物，我说可能是蛇吧。我一直不明白为什么造物主会造出这种一无是处的动物。如果是现在，我可能会替它想出一个存在的理由——可以做包啊。蛇皮可以做鞋和包，隔几年就流行上一回。鳄鱼皮也有同等用处。这是我能想到的蛇和鳄鱼存在的唯一理由。

风一边躲闪着我的注视，一边说：我害怕蜘蛛。除了蜘蛛，我什么也不怕。他还讲了一个有一次遇到蜘蛛后他怎么害怕的故事。这在我听来有点小题大做了，我实在是不明白，为什么看上去特强大的风会害怕这种小东西。在我看来，只有心灵脆弱的人才会害怕这种小东西。对，就是心灵脆弱。不要让我解释，我觉得这个词很合适。过了一会儿，风说："你下次再也来不了这儿了。"我一愣（为什么我再也来不了这儿了？），心像是碎掉了一样，我说："为什么？"

他说:"我妈要换单位了,我们以后再也不能来这里了。"

这以后我还去过几次他们家。那段时间我大约是隔一天去一次。我为自己能在寒假找到一件经常能贯彻去做的事情感到欣慰和幸福。我还记得自己在去他们家的路上,骑着自行车时惬意的心情。我们离得不远,都住在玫瑰学校附近。到他家楼下开始爬楼梯时,我会散开我的长发。在初二以前,我一直留着长发。

他们的生日就在寒假,差一天,风只比雨大几个小时。这几个小时就是界线,他们因此是两个星座的人,性格也不一样。我送给他们一件玩具,希望他们看到玩具就能想到我。之所以没有给他们分别买礼物,是因为我没有那么多钱。

他们接触的那些朋友在老师看来全是坏孩子,我尽量不让任何人看出我对风的喜欢,怕引起他们那帮朋友的嘲笑。开学后有天下午去他们家,沙发上还坐着几个他们的朋友,基本上我都不认识,有一个是高年级同学,剩下的都是外校的。雨向他们介绍我的时候,有个看上去特骚的女孩一直盯着我,我很不自在,觉得和他们真的不是一个世界的人。

那个冬天,我去风、雨家的频繁程度不亚于去维多利亚家,我不由得想起维多利亚家里的化妆台上堆得满满的东西,而在风、雨他们家的化妆台上,我所能看到的只有一支口红。他们的家里空荡荡的。

第四章 多云有雨

寒冬像是一瞬间过去的，迎来了早春。新的学期一开始，雨和王冲冲等一些同学就被分到了外班，吕晶晶则因为校外打架被送到了工读学校。别的同学丝毫未受影响，又进入了繁忙而平淡的学校生活。

校园里首先盛开的是白玉兰，紧接着到处都开满了迎春花和桃花，不知名的小灌木上面也开出了朵朵小黄花。整座学校的色调从墨绿色转为嫩绿色。去操场上体育课时路过初二学生的教学楼，想着他们把头伸向窗外就能看到姹紫嫣红，我就不禁有点嫉妒。

我经常在楼道里遇到风，每次见面，我们都冲对方笑一下。我从来没对王姗姗她们说过我喜欢风，他是藏在我心里的一个小秘密。

开学后两个星期左右，风在楼道里拦住我，有点害羞地开口说:"林嘉芙,明天中午你有空吗?"

"有啊。"我的回答令自己也觉得太过痛快,像是期待已久。果然,风很高兴地说:"那明天中午去我们家吃饭吧,有个哥们儿过生日,我妈也想你了,你可一定要来啊!"

这个邀约是如此不比寻常。这是风第一次开口约我,以前从来都是雨来叫我。不知道为什么这次由他来开口。尤其是最后一句话的急切,令我既兴奋又有些疑惑:风怎么一反常态,对我重视起来?不管怎么说,我一定要珍惜这个机会,自从开学后,我就再也没去他们家玩过。

第二天中午放学后,我正收拾课本,准备离开教室去找风和雨,就听见雨站在教室门口喊我的名字,我连忙走过去,还没等我开口,他就急急地说:"嘉芙,你今天千万别去!"

"为什么?"我特别奇怪,不知道出什么事儿了。

"别问了!真的,算我求求你了,你别去。我哥在楼下等着你呢,我一会儿跟他说你有事不想去了。别问我为什么,你以后就知道了。"说完他就跑了。

那天我在教室里犹豫半天,终于没有去他们家。我拒绝了王姗姗陪我,一个人从北门回的家。直到现在我仍在想，为什么当时我答应了雨而不是风？也许潜意识里我一直把雨当成一个需要保护的不能伤害的对象。这是他对我提出的唯一一次请求，也是我为他一直默默喜欢我而唯一能做的事。

我没有去找风解释，怕他知道了真相和雨生气。风从那天起就没有再搭理过我，每次在楼道里遇见他，他都冷冷地看着我，有时候还一边和身边的女生嬉笑打闹一边看着我下楼，明显就是给我看的。雨跟他正好相反，看我的眼神多了一些畏缩和同情。

我憋了一个星期，心里塞满了沉甸甸的不解和思念，终于忍不住要找风谈谈了。那天他也在楼道里，旁边站着几个女生。我走过来的时候他正夸张地搂着那个女生的脖子。我快速地走向前，声音有点嘶哑地说："今天晚上放学后，我在后楼楼道口等你。"

放学后我早早地到了后楼楼道口。白色的栏杆是回旋式的，平时很少有人路过这里。我一边等，一边担心，担心他不会来，担心他来了我不知道该说什么。其实有许多话一直堵在我嗓子边，我口干舌燥，心潮汹涌。

一层的斜梯下，我静静地站在那儿，雨走在第一个，吹着口哨从楼上走下来,很青春很开心的样子,看到我,似乎吃了一惊。他们那一帮哥们儿也陆续走下来,风夹在中间,看到我,微微皱了下眉。

我深深地吸了口气,不能再犹豫了。我向前走了两步,对他说:"我想跟你谈谈,到那边去吧。"

"就这儿吧。"他没动,冷冰冰地开口道。那些人退到楼后面去,雨蹲下整理书包,脸似乎红了起来。他在想什么?我问自己。风的眼神如此淡漠,我有点看不清。我无意识地望着不远处推着自行车、三三两两放学回家的学生,望着校园里的树,阳光像水一样漫延在我们之间。我觉得冷极了。风又用那探询与审视的目光看着我,我感觉这就像一场演不了的戏。

"什么事儿啊?"他站在台阶上,不耐烦地开口道。

我一听他的口气,就不由得颤抖了一下,不知道该说什么。可能那天真如雨所说的是个"陷阱"吧?不然风的感情怎么变得这么快?我到底该说什么呢?我不断催自己,快说呀,这种机会以后不会再有了。可从何说起呢?是不是我一直在自作多情?为什么我们不再是朋友了?我张了张嘴:"为什么……"啊,这是什么话,三个字风怎么会听得懂?

可除此之外我一个字也说不出来,泪水已经涌进眼眶,我得稍稍抬起头才能抑制住。

"为什么?什么叫为什么,世界上没有为什么,为什么跳楼,为什么上吊啊?"他不耐烦地打断了我的话,讽刺地说。

"哈哈!哎哟嚱……"他旁边的哥们儿都笑了起来。我忍住不去看他们,我那用尽全力酝酿出来的胆量和自尊一下子被淹没了。

风,风!你怎么能这样!怎么能!……那漫长的几秒钟,我感到浑身无力,轻飘飘地站立不住,可我还在细细地瞅着他。他的下巴还是那么尖,眉毛弯弯的,靠近眉心那儿有点小伤,是和人打架打的吗?我的心里一阵绞痛,他那么多的故事自己竟然不知道,并且永远不会知道了。总之,这张脸是不会再对我微笑了。

"我走了。"我说,看了一眼蹲在地上一直没有抬起头来的雨,然后就走了。雨的脸一直红红的,他在替我害羞吗?

第二天我来上课时,我们的小集团成员都惊呆了。王姗姗问我:"你怎么把头发剪了?"

我剪了一个娃娃头,在头上系了一条红色的绸带。课间休息时,雨在二楼的空中走廊看到我的新形象,吃了一惊。我没有关注他的反应,只把视线移向远处的柳树和果园。

才十二岁我就开始怀旧,寂寞的我趴在书桌上写啊写,写我和风、雨两兄弟的故事,写我身边的同学们的故事,写经常和我聊天的郑泽的故事,甚至看到喜欢的小说我会连结构带语言从头拷贝一篇再寄回到同一家杂志社,可以想象,我的投稿总是石沉大海,毫无回音。后来这些手稿都让我妈当废品卖掉了,没卖几个钱,我却也不能回头重新看它们,它们就这样没了。

从小学开始,我爸就给我订了《儿童文学》和《少年文艺》(我更喜欢看前者),还有一种我经常买的杂志叫《中外少年》,里面总有些同龄少年写的缠绵多情的文字,我从没怀疑过他们才高一等的事实。我最大的愿望就是在十三岁之前在《儿童文学》上发表文章。从阳台往上看,天总是蓝的,院子总是很安静,像一座埋藏着许多故事和被遗忘的珍宝的古堡。作为古堡的唯一一位有生命的主人,我常常站在小阳台上看楼下的花园、街道和树木。这条街终于又修了一次，宽阔、平静、人烟稀少，两边栽种了娇嫩的银杏。银杏长得慢，不知道要用多少年才能绿树成荫，落叶铺地。这条街道往日肮脏颠簸的地面随着翻新而一去不复返，就像从来没存在过，就像从来就是这么新，正如我缓慢惊心正在发生的青春。

是啊，那些令我心跳不已面红耳赤泣不成声的故事都到哪里去了？

有个夜晚，我和郑泽的姐姐一起站在楼层过道中间的阳台上，她对我说，她上职高时经常穿太阳裙。

那天晚上我像平常一样去五楼找郑泽聊天，通常情况下他都会放下书本，然后和我在五楼的阳台上站着聊会儿天，半个多小时后，我还意犹未尽，郑泽却要回家继续学习了。他已经上初三了，不像我，还在上初一，他现在学习很紧张。看到他现在这个样子，我不禁有些为我以后上初三而担忧，是不是到时候我就会和郑泽一样，为了学习，没有时间聊天？而这个晚上，郑泽从窗口（他的屋子离阳台很近）传话出来说不能聊天了，他爸妈让他学习，他说他姐姐可以陪我聊聊天。

郑泽的姐姐陪我到楼下的花园里散步，我们随便聊着些学习、学校的事情。她对我说在她的学校有几个人追她，还说他们对她有多么好，我听了很不是滋味儿，为什么我喜欢的人都不喜欢我呢？我对郑泽的姐姐说我喜欢郑泽。姐姐一直在笑，她并没有怪我。我觉得我对郑泽的姐姐说出我喜欢郑泽这样的话实在有些大逆不道，再怎么说，她也是郑泽的姐姐啊，就像是我的长辈一样。虽然她只比我大那么四五岁。她在上职高，或者是中专。印象中，上了职高或中专的男孩，大都打扮得流里流气，而女生，则娇媚或者盛气凌人，让人觉得是坏孩子。

"我觉得你是个独特的女孩，很有一种气质，一种忧郁的气质。这是非常美丽的，我有时想，如果我内心也有一点忧愁和朦胧的心思就好了。比起你来，我就很快乐，可能是我太爱动、爱说笑了。或许是因为我上的是职高，多多少少也受到学校同学的影响，那里每个人都是'快乐'的，一副无所谓的样子。哎，我也说不清楚，反正就是环境造人嘛！"郑泽的姐姐说。她侧面的样子很秀气，微微流露出一丝公主的骄傲。

后来我们上了楼，回到了五楼的阳台，姐姐对我说，她还曾有过两件太阳裙呢!她的眼神如梦似幻,仿佛在怀念穿太阳裙的时光。而我的眼睛随着她的喜悦而喜悦,随着她的憧憬而憧憬。

当时我不知道什么是太阳裙,可能是那种很短,圆领子的连衣裙吧。应该是那种紧身的,颜色鲜艳的,要不然怎么会叫"太阳裙"呢。

后来我也买了一条紧身的艳橙色的太阳裙,但不好意思穿。有那么几次,我穿着它到楼下散步,很希望有人看到,又担心别人说闲话。

某天放学后,张科跑到我课桌前对我说她介绍给我的那个男生想要我一张照片。那几天她总是嚷嚷着要给我介绍一个校外的男朋友,我一直没有答应她。在我们这几个人里,张科一直不乏追求者,刘薇不知道喜欢着谁,从来没听她说过——张科应该知道吧?王姗姗喜欢贺征,苏倩则让王姗姗占据了全身心,根本没空喜欢男生。就剩下我了。张科觉得自己有义务当媒婆,这也是她当我们"小集团"领导义不容辞的责任和权利。

我有难言之隐——小学之后,我就没拍过新照片。

"我没照片,还有那个男孩为什么不先托你给我一张照片啊,我又不知道他长什么样儿。"我有点担忧。

"你哪来那么多废话啊?想不想让我给你介绍啦?周一别忘了把照片带来,要不然我也不管了!"张科不耐烦地数落道,然后拉着向我眨眼的刘薇走了。

我冲她的背影翻了个白眼。太没面子了,我还得先给男的照片。周六下午我打算去拍照片,意外地在学校门口碰到了"三枝花"之一的许岩,自从分班后我就很少见到她。她问我是不是等人,我说我要照相,她就陪我一起拍了照片。

在那张一寸证件照上,我穿着白色短袖校服,扎着两个小辫,低着头微微笑着。我觉得这张照片拍得比我本人还好看。

过了几天,张科跟我说人家没看上我,我问她为什么,她说那男孩觉得我太正经了。

我的头发渐渐长长了,每天都扎两条小辫,陈宇磊开玩笑说这是小狗辫儿,还顺势摸了一把我的头发。我并没有生气,只觉得他说得很亲昵。

丁欣近日的表现引起了我和丁翠翠的兴趣。她总是一个人发呆，还乐出声来。在我们的"威逼利诱"下，她终于吐露出她现在喜欢上一个男人。"有一天我走路去上班，有个男人跟我搭讪，他说他在北京打工，单位离我很近，经常在路上看见我，刚开始我吓坏了，还以为他是坏人，想劫我钱呢！"她不好意思地说，那甜蜜的样子分明看出她动心了。

我们两个知道了那个男人的年龄、星座，甚至是收入（丁欣说她没问，只是预测了一下）。丁欣在恋爱上表现得像个初出茅庐的小女孩，既欣喜又谨慎。相比之下，丁翠翠就有手腕多了，她好像天生就是个女人。我没见过丁翠翠闹什么恋爱，估计她还没有这份心思，从一件小事就能看出她具有我们都没有的冷静和头脑。那张美少女战士的卡她从我这里索要不成，几天后就找到了院里住的一个男孩，居然只谈了几句话就从他那里换来一张更少有的卡片。那张卡我都很眼红，我曾跟那个男孩谈过，他不同意交换。而丁翠翠只说了几句话，就得到手了，还在我面前炫耀了半天。丁欣大部分时间都很顺从丁翠翠，两个人感情倒是很好，丁翠翠再怎么能折腾，也只是个刚上小学六年级的女孩，比我还小一岁。

知道他们爱情的外人只有我和丁翠翠,连丁翠翠的父母都不知道。丁欣不敢说,怕他们反对。其实也没什么好担心的,他们的发展相当缓慢,认识一个月以后才接吻,还是那个男人轻轻吻了吻丁欣的脸颊,丁欣羞涩地制止了他的下一步举动。

日子迅速飞逝,班里发展了六名品学兼优的学生当新团员,有我、阿杨、学习委员、班长和副班长,李艳艳也在其中。阿萌则对这种政治事务向来不感兴趣。秋游时,几位新团员在车上一直兴致勃勃地唱刚学会的团歌:"我们是五月的花海,用青春拥抱时代。我们是初升的太阳,用生命点燃未来……"

那时我们那么相信我们眼中的世界,我们那么单纯而渺小却自以为壮大,待在地球上微不足道的一隅,还以为这里是宇宙的中心。

初一快结束时,李老师在班会上对大家说,她要调到附近一所学校当校长,不能再带我们班了,她向大家保证,有空的时候会过来看我们。许多同学当场就哭了,这个消息来得这样突然而真实,在此之前毫无征兆,并且迅速得不留一点余地。当时庄重无比的诺言就像昨天刚说过,那天天也是这么蓝,我向窗外看去,那里还是一片蔚蓝,仿佛什么都没有变。我却对未来的一切都充满了不可信任和不可预知感。

第五章　光阴的故事

暑假，我跟着父母和弟弟一起回老家。没有直达的车，我们从北京火车站一直坐到潍坊，然后再坐三四个小时的长途汽车才能到三姨所在的小城。休息一天半天，继续坐几个小时的车回村才算到达目的地。

潍坊站和所有中小城市的火车站一样，混乱拥挤，地上没有一块干净的地方。到处都是纸屑和垃圾，苍蝇四处乱飞，人们的表情不是木然就是聪明得过了头。我已经学会了控制自己，坐长途汽车的前几个小时能睡就睡，睡醒了就吃几根我妈给我准备的黄瓜，看她的眼神好像很为我担忧，是啊，坐汽车确实是我过不去又不得不过去的一道坎。还有一百多公里就到镇上时，我终于忍不住吐了起来。

三姨工作和居住的地方是个临海城市，这座小城市治理得不错，市花是月季，小学时学校还组织我们每人捐两盆花给每年都有的月季节。这个小城市几年以后遍布网吧，成功地和国际接上了轨。

我有一个大家庭，每个人都爱我。我平时经常去姥姥家找舅舅陪我玩，夏天我的两个表哥就带我粘知了、爬树、下河捞鱼和跟村里的小伙伴们打扑克。有一天，和我住在一个村里的波哥哥带我去西边村里找光哥哥，我们走过一条小河，光哥哥就站在河前边等着我们。他们两个神秘兮兮地叫我闭上眼睛别动，我闭上眼睛。"睁开吧！"他们喊，"给你看个好东西！"原来是光哥哥给我抓的几条小鱼，看着他们笑得那么开心，我感动得不知道该说什么才好。比我小一岁的表妹住在十里地之外的张格庄。她从小就听我的，我们什么都说。哥哥们宠着我，姨姨和姨夫们都怜爱我，妹妹让着我，有时候我真想有个姐姐，如果有个姐姐，我会听她的话吗？我会服她吗？可能如果我真有个姐姐，我就能学到更多成长的道理了。

成长于这样无私的爱中的我，长大之后再也无法感到满足，无论别人怎么爱我，我都觉得无法和童年时代的亲人的爱相比。我从小就是个天不怕地不怕的任性孩子，也很讨大人的欢心，我还会头上扎上三姨的蓝蝴蝶结去给邻居家的大爷跳我自己编的舞。有时候我也会触怒大人，小学五年级时常老师就曾经拍着桌子骂我无法无天，心里藏着许多主意，根本不把大人们放在眼里。

啊，小时候，童年！无忧无虑胡作非为的童年。小学一年级的"六一"儿童节，女生要在舞台上表演《采蘑菇的小姑娘》，村里有家人是做生意的，没有店铺，就在家里卖东西。我在他们家看中了一双红绿相间的长筒袜，闹着让三姨给我买。三姨不同意，我就软磨硬泡，还差点躺到地上打滚。袜子到手后刚穿一次就破了，结果儿童节时大家都穿着学校发的白色长筒袜。他们家里有两个女孩，妹妹如花似玉，娇滴滴的；姐姐长得高，模特身材，就是佝偻着背，面黄肌瘦，吃得再多也不长肉。父母对待那个不好看的女儿更好些。村里有人议论她是他们捡来的。夏天我们总是想着偷邻村地里的葡萄，大人吓唬我们"地里有地雷"。老家的冬天总是特别冷，我跟这两姐妹一起上学时都呼哧呼哧的，姐姐更瘦，就觉得更冷些，直埋怨昨晚不该洗澡，要是身上泥多点还能挡风。"你真恶心……"我们笑着跑了。

小学二年级的春天我一个人跑去离村子好几里地的草地摘野花，碰到了许多中学生，他们跟我聊天，给我讲故事，说我特有意思，居然一个人跑出来玩。后来我美美地在草上睡去，不知道睡了多长时间，醒来后他们都走了，我揉揉眼，刚才发生的事情就像做了个梦。后来的故事大家都知道了：小学三年级我来北京了。临走那天晚上，我在蚊帐里睡觉，三姨送给我一个铅笔盒，悄悄放在我枕头下面。我一直以为是那种塑料的设计先进的，没想到是铁的。就像我刚入队时以为红领巾是绸的，没想到是布的。

刚见到村头的小卖部，我就特激动。老板娘对我特好，上幼儿园时我和她儿子眉来眼去，抱着在村前的大树下边亲吻边打滚。当然他的妈妈不知道这些。

村后面孤零零地耸立着一座房子，正对着马路，看起来很不协调，像是这个村子分出去的一部分。那是云姿一家。

我们躺在地上，用她家的老式熊猫牌录音机听罗大佑的《我所不能了解的事》："无聊的日子总是会写点无聊的歌曲，无聊的天气总是会下起一点点毛毛雨，笼中的青鸟天天在唱着悲伤的歌曲，谁说她不懂神秘的爱情善变的道理……一阵一阵地飘来是秋天恼人的雨……"

有那么一会儿，我们静静地躺着，不说话。我看池莉的《绿水长流》，她在想心事。

外面哗哗下起雨来，我们穿着塑料凉鞋到门口看了看大雨中的村庄。空气清新无比，天气暗淡，像笼着层雾。

啊，我的乡村。下着雨的乡村。夏天曾脱下鞋光着脚和妹妹一起走在软绵绵的乡间土路上，给收麦子的大人送午饭，在田地里捉蚂蚱，在打谷场上坐着数星星看月亮，我能一直翻跟头直到晕头转向。现在我又回来了，我的乡村。我就站在这里，和我童年时期的小伙伴。我们站在地势较高的地方，打量着整座村子。

我一直认为云姿长得很漂亮，她是真正的浓眉大眼，皮肤白净无瑕，一笑就露出酒窝儿和两排整齐的白牙。她美得很标准，不像那个生意人家里的妹妹那么妩媚。这么漂亮的女孩的家庭生活却不是很幸福，她爸妈重男轻女，更宠爱她的弟弟，小时候经常看到她搂着弟弟默默流泪。村里还有位女孩家也是这种情况，让人印象很深的是那个女孩经常拉着弟弟的手，碰到了也不与人多说话，眉宇间流露出一种紧张和惶恐。她长得很单薄，尖尖的三角脸，稍有点上吊的眉梢，后来我看琼瑶的小说《青青河边草》总是无意中想起她来。而云姿要比她健康多了。

我先到贝贝妹妹家住了几天，农村的学校放假晚，她们那时候还在上课。她早晨五点半就得起床上学，等她回来时已经七点多了。我们吃过晚饭就到院里跳绳跑步，总之所有能减肥的运动我们都一样不落。我们都不胖，可现在以瘦为美。阿萌曾和我聊过这个话题，我们都觉得像我们这样的一米六出头的身高，八十斤就是极限了。当然我们谁都没达标。

妹妹从小就比我黑比我瘦，这个夏天她穿着白色短袖衬衫和蓝色裤子，长发梳成麻花辫，心如止水，像大家闺秀一样微微笑着，像个淑女般矜持。每个女孩都有最漂亮的时候，就像我小学四年级时和我妹妹现在。她妈，也就是我二姨，还从北京给她捎回一条粉红色的缎子连衣裙，害得我直埋怨我妈怎么也不给我买一条。

她们村比我们村要穷不少。

晚上我们两个去供销社买泡泡糖，就是那种一粒一粒的五颜六色的小圆球，我最喜欢吃白色奶油味儿的。供销社门前坐着几位村民围着打扑克，昏黄的灯光照着他们悠闲自得的表情，耳朵后面夹着廉价香烟。我羡慕地看着他们，觉得他真快乐。供销社还跟记忆里小时候的一样，房梁上悬着一只灯泡，脚底下是泥地，放在玻璃板下面的柜台里的物品稀少实用，我们挑了两盒糖和别的什么小东西，就出了门去爆苞米花。

"砰"的一声，苞米都炸成了一个个又大又白的花朵，还有一些没炸开的黄玉米粒儿崩到了地上，像一朵朵未曾开放的小白花。"还记得咱小时候一起等爆苞米花吗？刚爆开你就满地找玉米粒儿……"

在妹妹家住了三天，我迫不及待地回了村。我哥已经当兵走了，告不下假，没回家。我就住在他原来住过的小屋，里面还是他走之前的样子，墙上贴着明星海报，客厅的橱窗是电视剧《红楼梦》里的经典人物照，抽屉里还扔着几本武侠小说。每天大清早就有我哥原来的伙伴来敲窗户叫我起来玩，他们都比我大几岁，我也都叫哥。原来起床我都特磨蹭，现在一听敲窗声就"蹭"地爬起来，穿上衣服就去找他们玩。赶集时在卖眼镜的小摊上我发现了一副心爱的墨镜，他们都说我戴着好看，最终我也没买。第二天我突然后悔了，他们就笑，说可能没了，只能下回赶集再说了。

以前的小伙伴现在一个个都长成了少年。我和妹妹一家家过去找他们，看镜框里的照片，吃瓜子和糖块，聊从前和现在的故事。那些熟悉的名字还是那样熟悉，就像我从未离开。那时候我并不知道短短几年后，我们都会像拔节的小树般成长起来，此时我们还很懵懂，处在成熟与青涩的边界线。我们还没有完全长大，村子也没有太大的变化。

华东比我小一岁，跟我妹是同学，小时候好像对他没什么印象。也是啊，那时候年龄相差一岁就好像差距很大了。他又黑又瘦，出乎意料，他也喜欢文学，借走了我带来的几本书。

我、妹妹、云姿、华东一起结伴走到镇里的中心小学，这是我们的母校，我们曾在这里一起度过两年的小学时光。学校门口有几十级高高的楼梯，必须爬上去才能进校门。为什么这样设计呢？学校没什么变化，只是地由原来的土地变成了水泥地。几排整齐的平房教室，还有学生在补课。东边是老师宿舍和他们的自留地，稀稀拉拉地种着蔬果和鲜花。

"要不要去看看原来教你的老师？"他们问我。

"不了。"我有点扭捏。想想挺不好意思的，我小时候虽然也是个听话的好学生，免不了也有调皮捣蛋的时候。还记得有位老师特别严厉，同学都说她打起人来可疼了。我倒没挨过她耳光，就是有回上课走神，突然发现她正站在我身后，她用教鞭轻轻敲了一下我课桌，吓了我一跳。

那会儿我们班有位大队长，全年级可就这一位。她长得又高又好看，学习又好，不知怎么就有了风言风语，学生都说她转来之前曾经留过级。到现在她的面容已经模糊，就记得她长头发，胳膊上别着三道杠。

我们趴在教室门口看了一会儿，一位男老师走了出来，问我们干吗来，我们都说过来看看，原来在这上学的。"你也是啊？"他看着我，让我有点不好意思。"她现在在北京上学呢！"他们对他说。

我们慢慢走出学校，回村的路上在附近的中学操场上看到正在打篮球的几个小孩，都是认识的，也就停下来说了会儿话。

现在我真想令时光停止或者倒流，就像村边的那条小河，从小我们就在河里洗头游泳，现在没人在河里洗头洗澡了，可河水一直流淌不息。河上的那座通往邻村的小桥被冲断了几次，后来没补，就那么断着停在河面上。

舅舅的形象在我心里一直特酷。八十年代末他烫着卷发，戴茶色蛤蟆镜，斜坐在摩托车上的身影潇洒无比。我五六岁的时候，舅舅在考高中，他的房间就在厨房旁边，我常常去他屋里的壁橱里偷姜糖吃，就是那种黄色的姜片上撒满白糖，一动就往下掉糖，吃多了就胃疼。他的小屋里就一张床一个床头柜，昏黄的调子，像农村下着的春雨，暗暗的，淅淅沥沥，滴滴答答。

现在他家的双胞胎都已经两岁多了，一男一女，总是哭闹不停。而留在我记忆里的场景还是我是一个小不点儿，每天缠着舅舅带我玩。有一回他骗我说地里有种虫子一只可以卖五块钱。五块钱对于当时的我来说可是笔巨款。我财迷心窍，立刻开始挖。我挖了好几只，让舅舅带我去卖，他哈哈大笑说逗我玩的，气得我几天没理他。没他陪着玩心里又空落落的，只好把绳子拴在两棵树中间开始荡秋千，一荡一荡，不知道在想什么。现在一转眼舅舅的孩子都能满街跑了……

就像四季总是如此分明，我也不知为何记忆里的极乐时光总是发生在夏天。可能是因为那是我们在天气干燥、阳光明亮、雨水充足的北方，地图上甚至找不到的小村庄。离海近,村子四周是农田和丘陵,前面有连绵起伏的山脉。出产大理石和黄金,最常见的花是月季。在我们以前住过的小院子里种着缠绕着盛开小朵白色和淡粉红色的蔷薇花,不像月季这般大家闺秀,反倒有种羞涩的情怀。墙边种着棵石榴树,我喜欢它们艳丽的橙色花朵,常用它们和凤仙花一起来染指甲。每年夏天姥姥家的葡萄架都长得枝繁叶茂,每年我们都坐在下面吃葡萄。现在这个院子给了舅舅,他们不擅长打理,院里有点荒芜,葡萄架也干枯了,姥姥姥爷却不觉得怎么可惜,他们就是这样自然、淡泊。屋子前的一小块水泥地是我童年时夏天洗澡的地方,每次想洗澡了就放一大盆井水晒在阳光下,等水被阳光晒热了就跳进去边晒太阳边洗澡。我最初的性别意识就是我可以约别的女孩一起玩,但不愿和她们一起洗澡。有回我正在洗澡,有个女孩正好来找我,她说她也想洗,我就给她也晒了一盆。我们洗澡的时候肯定得聊天,我一直目不斜视,不肯转头,就目视前方,好像在对空气说话。

我知道她为什么想在我这里洗澡。跟我正好相反,她算是个不受人待见的孩子。父母早就离婚了,这在村里不多见,她妈对她爱搭不理,只有爷爷对她好。她妈妈略有姿色，村里常有妇女议论她不正经，平时自己单住一间房，行踪神秘。她和爷爷分别住在东屋西屋，东屋和西屋之间有个小院，里面种着几株海棠花。她家很穷，没什么经济来源，一个月只用两度电。

她变化很大，以前总是很邋遢，没人愿意理她，只有我愿意跟她玩。如今她变成了一位皮肤白嫩的高个子少女，她的眼眸不是黑色，而是褐色的，很灵动。头发也是黄褐色的，在阳光下一闪一闪，像洒满了金粉。她妈妈已经不在村里了，听说嫁到了山西。

四姨夫总给我们讲在东北深山里挖人参的故事，听得我和妹妹又期待又害怕，常常他讲着讲着，我们就蜷在被窝里睡着了。四姨家离我们村比较远，大概二十多里地，那边地势略高一些，他们的家就像住在山上，四周都是一个个的风干后的土黄色的坑，我常望着它们发呆。四姨家里种着许多果树，还有栗子和草莓，白天他们带着我和妹妹到地里去摘草莓吃。这些草莓没城里的大，我们顾不上洗，直接在衣服上抹一把就开始吃。再后来我和妹妹还答应四姨夫去他们家玩，临到他来村里接我们时，妹妹又变卦了，说想留在姥姥家。"都答应了……"我求她跟我一起去，她就是笑着不答，看着四姨夫期待又带着失望的眼神，我一咬牙跳上他的自行车后座自己去了。

刘颖的信

林嘉芙小妹妹：

你好！

今天是九月二号，刚开学就收到你的来信，心里真是高兴。你们也开学了吧？在校可要好好学习，以后要考大学。

大连这两天天气特别好，我班同学约好一起去海边游泳，一共四个女生，五个男生。游了一下午，海水真蓝，人特别多，不过我不太敢往里面游，虽然男生在旁边又是鼓励又是保护，还是不敢去，浪头太大了，挺害怕的。我们游了一会儿便在海滩上玩扑克。傍晚回来后，我们又到学校附近的海边捉螃蟹，小螃蟹一个个能有瓶盖儿那么大。我们十多个人一块儿翻石头捉了好多好多，一翻石头，下面的小螃蟹乱跑呀，那么多，我都忙不过来了，而且还不敢捉，总是喊男生来捉。到后来他们干脆只让我提方便袋跟着，不让我捉了。晚上回来，我们在宿舍支了炉子，炒熟了螃蟹，提到男生宿舍里一块儿吃光，真香呀！

现在又有一大批新考上大学的学生来报到了，我这两天忙得很，正忙着接待新生，负责安排他们的住处。还有同学到火车站、码头去接新生，半宿时就来了，真累死人，白天还要上课，有时课也不能上。

嘉芙，你是个单纯而又开朗坦诚的孩子，对人热情。这样的女孩子在大学里是受欢迎的，男孩子总爱跟活泼的女孩玩。当然这也需要你好好学习，你既然想上大学，就得好好学。因为考大学可不是件容易的事，需要付出很大的努力。你回校后就念初二了，还有一年就要考学了，千万别落后，姐姐可不希望你做个落后生啊。你现在和楼下的那个男孩子聊得怎么样了？开心吗？我以后有机会一定会去找你玩的，希望你长成一个可爱的女孩子。

好了，这次就聊到这儿吧，以后我会慢慢给你讲我们大学生的故事。

我也很想你，还有你家那位挺有意思的小弟弟。

远在海这边的姐姐：刘颖

我们又搬校舍了，这次随着所有初二同学一起搬到上一届同学上课的地方，那是一座小灰楼，我们都说这是危楼，很快就要拆掉。新班主任叫白茹，教数学，年纪不大，倒挺成熟稳重，戴一副金丝眼镜，估计有点洁癖。

我们班在二楼，维多利亚的班就在我们对面。楼道里黑压压的，白天都需要开着灯。每天早晨去上学时楼道更是透着一股死寂。年级主任给我们开会时说等到初三，学校就给我们换教室。

刚开学，我们班的体育委员和初二十班班长的恋情就成了公开的秘密，他们经常出双入对，老师见了也不躲避。他们两个穿一身耐克运动服，拉着手走在校园里，一个高大帅气一个娇小温柔、长发飘飘，真是天生一对。估计老师看了也这么想，没有人批评他们。

之前听说体育委员曾经喜欢过班里的刘妍，后来不知道怎么回事和现在的这个女朋友在一起了。刘妍是班里长得最漂亮的女孩之一，也是长发，瓜子脸，唯一的缺憾是她说自己的牙长得不整齐。其实她的牙特别齐，只是前排比后排稍稍突出一点。班里整牙的同学越来越多，形成了一股新潮流。阿萌、阿杨和分在十班的维多利亚矫正半年多了,她们鼓动我也整。我趁我爸值班不回来吃饭时跟我妈提出想矫正牙齿。

"好好的,整什么牙?"我妈一听我说这事儿,就不满了,"你又不是不知道,我和你爸的工资都不高,你弟弟又快上学了。"

我左说右说,我妈都不同意,最后推辞说等我爸回来跟他商量一下。

"哼,什么事儿都要和他商量。"

"我觉得你这两颗小虎牙长得不错,整了以后不就没有了?"

"可是我咬牙不稳啊,而且睡觉还磨牙,就是因为长得不齐,我们班同学有好多都整了,现在不整以后就来不及了。"

在我软磨硬泡了几天后,我妈说我爸同意让我整牙了。我的牙里如愿以偿地塞满了钢丝,吃饭时一不注意就会磨破嘴,听说要戴两年呢。

刘妍也想整牙,整牙可是很贵的,她们家又没有什么钱。她妈跟丁欣一个单位,她爸总在喝酒,醉了就打人。丁欣说,经常在单位见到刘妍的妈妈脸上青一块紫一块的,好心人都劝她离婚。他爸长得矮小丑陋,唯一出现在学校的时候就是开家长会的时候。这也是学生们大肆攀比家境的一个好时机。刘妍的父亲就让大家大跌眼镜,有人感慨:这两个相貌平平的人为何会生出一个这么漂亮的女儿?

几乎在体育委员和外班班长的恋情风靡校园的同时,刘妍和初二十班的另一个帅哥好了。那个男孩是个让老师头疼的学生,当年他眼神里有一抹无所畏惧桀骜不驯的光彩。

"他可是我的初恋啊!"我们毕业许多年后再相遇时她如此感慨。她没什么变化,还是那么漂亮,和我比起来清纯多了。看到我拿出烟,她眼里闪过一丝复杂的震惊。是的,我逃过了初中的青涩,直接跨到与之相反的另一端。

"后来呢?"我问她。

"和朋友骑摩托车玩时出车祸死了。现在我还能想起所有我们在一起的事儿呢!"

就让我再重返过去吧,那时,死亡离我们那么远。

丁欣在晚饭后敲我家的门,我刚把她拉进我屋里,她就迫不及待地说:"我姨给我介绍了一个对象。"看她的神情,分明刚哭过一场,眼睛还有点肿。

"怎么这样啊?"我替她不平。

"还能怎么样啊,他又没有北京户口。我姨和我姨父就担心我吃亏,非要我跟他断,这边又给我介绍了一个。"她认命地叹了口气。

"啊?那怎么办?"我不知道该说什么,这超出了我的思考范围。

她坐在我床边,无意识地两条腿一荡一荡地玩着,说:"我们现在还偷偷见面,我总是趁上班的时候去找他。我们单位现在有个小男孩追我,我快烦死了。你看着吧,今年过年他们肯定得把我送回老家跟我爸妈说我的事儿。"

临走时,她叮嘱我这件事不要跟丁翠翠说,她还不知道他们还私下来往,"倒不是怕她反对,我是怕她告诉她妈。"

刘颖的信

林嘉芙妹妹：

你好，见信如面！

收到你的来信已有一段时日了，没有及时回信，请小妹妹原谅。你在北京都玩些什么？累不累？姐姐现在也放假回家了，还见到你波哥哥，我打电话给他，他还告诉我他到你家去过，说起你向我问好，谢谢你，希望你能过得比我好！

明年要考学了，姐姐希望你努力学习，考上一所好的重点高中，为以后念大学打下好的基础，不要一直贪玩。有句话说，苦尽甘来，往长远想想，现在累点是值得的，别忘了远方的姐姐在时刻为你祝福！

天气十分闷热，北京一定也是骄阳似火，有没有去游泳？现在你都会游什么样的泳了？有机会去北京玩，一定和你去游泳。只是不知道从此是否还有机会再见面。大连是个好城市，天气凉爽，气候宜人，我们学校依山傍水，在海边。每天晚上可以踩着余晖去海边戏水、听潮，或三五成群去唱歌，去聊天，去海边捉螃蟹，可以做任何想做的事。有一次我卷着裙子、光着脚丫在海滩上跑了半天，溅起的海水把我的裙子都浸湿了，正好是涨潮的时候，海水漫得很快，我很喜欢这种感觉，可惜那时候的夜风有些凉！

一晃一年过去了，真是弹指一挥间。你一定变得更加活泼可爱了，真是很想你！

祝你

更加美丽！学习更上一层楼！

远方的姐姐：刘颖

我和班里的两个女生开始在附近的一个小诊所里治近视。王姗姗知道每个周末贺征都陪我去治眼睛，她对此表现出一如既往的热情和嫉妒，托我打听一些贺征的个人隐私。她喜欢贺征不是一天两天了，却从没有勇气向他表白。

贺征，男，十三岁。个性深沉，不易了解。天蝎座。父亲工作不详，母亲是医生。家住万泉河边的高层公寓十八楼。他曾追过李艳艳一阵儿，很快就看清楚了李的为人，这才有了地理课上的"复仇"。目前好像没有喜欢的对象。

王姗姗总说贺征和温兆伦长得像,他们的共同特点是都很白,都是天蝎座,都很深沉。

做完治疗,贺征照例送我回家。那天早晨天就阴阴的,破棉絮一样的云彩挂满天空,下午雨停了,可还不见天晴。我们在河边的小路上骑着车,我突然发现自己身上很暖和,抬头一看,才发现西方的天空正绚烂得晃眼,金灿灿的一片射在我们身上。原来太阳出来了,发出了鲜亮的橙色,太阳的橙色!而东方的天空竟还阴云沉沉,原来是场太阳雨。河水被霞光映得金碧辉煌,同时,小雨也落在了河上,河面荡起小圈圈的涟漪,和风吹过,两岸的柳条被金黄色的夕阳照得更加翠绿诱人。我们缓缓地骑着车,呼吸着新鲜的空气,微风拂在脸上,就像两位彩霞少年。

我们站在我家院门口马路边的一个杂草丛生的小花园旁边聊天,自行车就随意地扔在旁边,路过的大人小孩都会扫我们一眼。我给他讲了风和雨两兄弟的故事。他听得很入神,没有发表什么意见。奇怪的是,他不用说什么,我却觉得得到了理解和尊重。我们是奇特的朋友,除了治眼睛的时间,我们在学校里不怎么说话,可我坚信我们心灵相通。我问他喜欢谁,他笑着不说,让我猜。我问他是不是班里的女生，他默认了。接着我说了几个人名，他都摇摇头。

"你给个范围吧，太难猜了。"

"你先猜。"他狡猾地说。

"这……"我大胆地臆测道，"该不会你喜欢的人就在咱们治眼睛的人里面吧？"

他诧异地瞅我了一眼，居然默认了。

没想到我竟然猜中了，那么她到底是哪个女孩呢？没看出贺征跟谁说话啊，每次他都是安静地待在诊所外面，有时候还陪我们一起做眼睛保护操。英语课代表胡小婷也在那里治眼睛，她父亲是外交官，从小就教她学英语。她长得不高，稍微有点胖，班里同学给她起了个外号叫"马蹄莲"。她家很大，超豪华，同学聚会时我们曾去她家喝过饮料。经常陪她的是又高又瘦的骆霞，她们走在一起感觉很互补。这两个人平时接触的人都是英语成绩好和家里有钱的，我和她们的关系不咸不淡，因为一起治近视，才稍微亲近一些。他肯定不会喜欢胡小婷的，众所周知，胡小婷从上初一就开始追他，他悬而未决，不说喜欢也不说不喜欢，抻着人家，现在人家早就对他绝望了。

"她坐在教室第二排。"看我半天没说话，他补充道。

"第二排,第二排的女生……啊?"我的脸"突"地一下子红了,不会吧?我就坐在第二排,难道贺征喜欢的是我?怎么可能呢?我没感觉出来呀,难道他一直把感情深埋心底,借陪我看眼睛之机……

"你怎么不早说啊,原来是这样!"我埋怨道。

"可我不好意思跟她说呀……"贺征扭捏道,显然是误解了我的反应,白皙的脸上涌起了一片红晕,"你说胡小婷现在还喜欢我吗?"

啊?!原来是胡小婷!呀,她确实也坐在第二排,只不过我是横着的第二排,她是竖着的第二排,我根本没往她身上想。我哭笑不得,神色大变,这么短短的十几秒钟,我都不知道换了几种表情了。可千万别让贺征看出我刚才的推测,我慌忙掩饰着自己的情绪,觉得自己像个十足的小人:"可她原来追你的时候你不是不喜欢她吗?"我一边问一边在心里骂自己也太自作多情了,贺征也是,说什么第二排不第二排,他肯定没注意到我也坐在第二排!

"嗯——"贺征陷入了沉思,"她追我的那会儿我看不上她,还觉得挺烦的。后来我也不知道怎么着就喜欢上了她,我知道你们一起治眼睛,咱们是好朋友,我就……"

"那你现在陪我治眼睛就是为了接近她?"我深受打击,有些尖刻地问道,突然觉得有点嫉妒胡小婷了。

他奇怪地瞅了我一眼,看我有点不对劲,特关切地问:"你怎么了?身体不舒服?"我心不在焉地说没事没事别管我,我就是肚子有点难受。

分别时他提醒我,千万不要把这件事告诉王姗姗。他怕王姗姗会跟胡小婷过不去。看来,贺征对王姗姗对他的追求和她的性格也不是一无所知。

我对王姗姗说贺征已经有喜欢的人了。她问我是谁,我说贺征不让我告诉别人。

"你连我也不告诉吗?"她紧紧盯着我的眼睛,小小的红嘴巴紧闭着。

"我……真不能告诉你。"看着王姗姗的表情,我对于她知道结果后的愤怒有点忐忑不安。

"反正不是我吧?"她"哼"了一声,露出绝望和痛苦的表情。

看到她这个样子,我差点把胡小婷的名字脱口而出。

"林嘉芙,咱俩是好朋友吧?"她用企求的眼神望着我。

那时王姗姗已经接受了苏倩的追求,她俩经常出双入对，连偶尔在校吃饭和上厕所也在一起，像生下来就长在一起的连体婴。我们分道扬镳，早已放弃了互相写信的习惯，我的心门暂时封闭了，平时和阿萌传小纸条说的也无非是一些泛泛之谈，这种平淡令我有点回味起王姗姗火辣的小脾气和她曾经无望的追求。王姗姗私下对我说，她还是想和我在一起，苏倩特别不懂事，经常吃我的醋，并且不让她跟我多说话，就像以前王姗姗对我的要求一样。她们经常吵架，每次都是苏倩拿着手绢抹眼泪，王姗姗在一边哭笑不得好生相劝，直到苏倩破涕为笑，两个人和好如初。她向我抱怨："真挺烦的……"旋即又笑了，"不过也挺好。"可能这就是她想要的甜蜜吧！我无法装作视而不见，但从来没有后悔过当初的举动。

"告诉我吧……"她低声下气地求道，如果不是为了爱情，她根本用不着这么卑怯。

正是这句话把我拉回了现实，我们正站在黑漆漆的楼道里，这里即使是白天，也得开着灯，灯泡也不亮。

"我和贺征也是好朋友，他不让我告诉别人。"我对王姗姗说。

"我知道，你们就是从治眼睛开始熟起来的。小心，我觉得他不像是个好东西,他可能在利用你,你平常就没什么心眼儿,人家怎么想的你怎么知道?林嘉芙,我对你的好是真好,你可以想想过去我是怎么对你的。就算现在我跟苏倩在一起,我哪天没想着你?只要你一句话,我就能甩了苏倩跟你在一起。可是,你居然在我和贺征之间选择了贺征!"

听着她说出这些话,我有点不寒而栗,为我,为她,为贺征。

"你觉得他不是好东西你还爱他?"我反问。

王姗姗无奈又凄凉地摇摇头:"我总觉得我能征服他,看来现在只是他征服了我。"

我有点不忍心了,暗示她:"我只能告诉你,贺征喜欢的那个人坐在第二排……"

她的眼睛在我脸上盘旋了几圈,仔细观察了一番我的神色,知道我没骗她,随即低头思索了一下,眼睛又在我脸上转了几圈:"贺征喜欢的是你?!怪不得你不告诉我那个人是谁呢?"

完了,她跟我当初一样误会了这句话,这样也好,省得她再来问我。上课铃声响了,我们一前一后跑进教室。

第二天课间,王姗姗把我叫到楼道,说:"昨天你说谎了。"

"怎么了？"我不知道她葫芦里卖的什么药。

"我学过一点心理学。"她胸有成竹地说，眼睛像探照灯似的，好像要看到我的内心深处。要不是觉得不合适，我都快笑出来了。

"心理学？我怎么不知道？"我迷惑地问，不愿揭穿她的小把戏。

"我昨天回家好好想了想，觉得你没把贺征喜欢的人告诉我，你昨天的表情特紧张。"

"王姗姗，我知道你没学过什么心理学，"我边说边看她，她倒有点紧张了，"我真不是为了贺征掩饰什么，我真觉得你知道了也没什么好处……反正我肯定没骗你。"

"我确实没学过心理学，不过我也觉得这事儿不对劲。你就告诉我吧！我真想知道。昨天你为了贺征居然不顾我，我觉得特寒心。"

我叹了一口气，说："那就告诉你吧，贺征喜欢的是胡小婷，她也坐在第二排。"

"他妈的！丫贺秃驴也太没眼光了。"

我有点同情王姗姗，但我并不了解她。除了我们走同一条路回家，我从来没有在除了学校之外的地方见过王姗姗。她住得离我家和学校都不远，就在万寿路十字路口的前面，可我从来没有在别的时间见过她。我们也不像和维多利亚、阿萌、阿杨一样，常常在星期天约会逛街。我曾经提出过要和她一起逛商场，那天我们停在十字路口，前面就是一座刚盖起来的商场。这是我们每次分别的地方。我们已经在路边聊了半个多小时了，她还意犹未尽，不想回家。我便提议一起逛商场，边逛边聊。对我来说，逛商场主要是那个"逛"字，不一定要买什么新奇的文具或零碎的东西。可王姗姗只是有些无奈地摇了摇头，说她不想进去。我有点奇怪，不知道她这是怎么了："逛商场很正常啊，每次我和阿萌、阿杨在一起的时候，她们都不会拒绝我。"

这句话一说出来，我就觉得有点不妙，明显在拿她和她们比，放在以前，王姗姗早就发作了。可这次，她只是讨好地笑笑，说她真的不想逛。看她这么坚持，我就怒气冲冲地回家了。

那次受挫后，我就没有再提议过我们一起逛商场或一起在校外玩。我常常设想如果我有机会去她家，她家会是什么样。肯定不会像维多利亚家那么温馨，给我带来那么多的安全感和快乐吧，也不会像风和雨的家，虽那么冷清却也给我带来过短暂的家的温暖。冷清和温暖，这是多么矛盾的两个词，却那么完美地刻画了风、雨家给我的感觉。估计也不像阿萌家，阿萌家像一个宝库，什么都有，她的屋里堆满了毛绒玩具和她私人的小收藏。阿杨要比阿萌严肃许多，像个女干部，即使有机会我们也很少去她家。在我和黄秋菊好的时候，我也去过她家。她家凌乱、普通、贫穷，散发出一股霉味儿，让人无法久留。我无法猜测，为什么王姗姗这么喜欢我，甚至有些巴结我，却从来不带我回家，也从来不要求去我家玩。我想她家里肯定有一把把黑色的铁锁，锁住了她的个性和秘密，锁住了不为我知的大部分的她。她的父母在我的想象里都很死板严肃，肯定从小就教育她一些为人处世的道理。

我写的关于我们"小集团"友谊的文章《我的姐妹们》，发表在当时最有名的青少年读物《少年少女》上，这算是我的"处女作"吧。雪片般的信件向我家大院的信箱涌来，每天我都要接到十来封读者来信，信里来自天南海北的初中生、高中生都说我是小作家,羡慕我有"真神威""和小鸟""王可爱"和"苏白羽"这样的好朋友,我也因此交了许多好朋友。想到陈宇磊每次看信都能看到我的信件,我小小的虚荣心得到了满足。我用第一笔稿费在"天地小商品批发市场"买了一只毛绒兔子,每天晚上就搂着它睡觉。

王冲冲自从初中就跟我不同班,分别搬了家以后(军队大院里的人总是分批搬家),我们又住进了相近的大院。每次见到他妈我都叫"阿姨",她对我总是啧啧称赞。有一回我在传达室里拿着一封刚收到的笔友的信正好撞见了她,她看着我手里的信,邀请我上楼去坐坐。我、王冲冲、王冲冲的父母规规矩矩地坐在客厅里,她手里拿着信欣赏半天,赞不绝口,让王冲冲向我学习,也交几个笔友,可以锻炼写作能力。

那时候我认识的人都没把写作当成一种爱好,而是某种可以通过学习和锻炼而获得的能力。如果有人真的出于爱好喜欢写作,大家便都觉得不可思议了。我的性格属于外向型,没有什么特别大的烦恼,可每当被别人误解时,心里却是难过极了。我必须忍耐,耐心地去解释,就算面对冷嘲热讽,我也必须笑脸相迎,因为我是——班干部!于是每当夜深人静,我常常感觉孤独和寂寞,我是多么渴望有朋友给我一点温暖、一点安慰。也许这就是我交笔友的原因吧!而在众多笔友中,大部分友情都无疾而终,还有几位无论什么都聊得很好,可在通信一段时间后就再也不回信。我因此痛苦,都是付出时间和精力无话不谈的朋友,怎么能说断就断了呢?

我经常在路上碰到陈宇磊,大多数时候他都和那个同班女生并肩骑车,在她面前他谈笑自如。我发现他每次碰到同学,都会友好地点点头,招招手。我的脑海逐渐印上了他的影子,他戴的红色帽子,他背的蓝色挎包。见到他,我的心总会涌起一股暖流,我分不清这是友谊还是别的什么。他在我心中占的比例越来越大,分量也越来越重。我开始有意无意地在课间穿过几座教学楼找他聊天,我觉得我有点喜欢上他了。

终于有一天,我写了一封信托张科交给他,其实也没写什么,只是让他多多照顾我。那几天我心里一直忐忑不安,又有点后悔,他……以后会怎么对我?真是吉凶未卜,我又何苦去捅破那层窗户纸呢?

从小学开始,每一个我喜欢的男生都不喜欢我,这次的陈宇磊是不是也是如此?每喜欢上一个男孩我就给自己制造出一个神话,也给了他们伤害我的机会。在他们面前,我无助笨拙手足无措,拼命想讨他们欢心却达不到目的,最后,他们都觉得我很无趣。我倒霉的爱情运啊!

结果是不好不坏,就像没写那一封信一样,他对我一如既往,我们谁也没有提起过那封信,还像从前一样踢球、聊天。见到我,他还是冲我一笑:这不是林嘉芙吗?从他纯洁的目光里,我明白了,我和他不会有故事。

我把这件事写成了一篇短篇小说,投稿给《中国初中生报》。我改编了我们的故事,给它安上了一个平静而略带伤感的结尾:"当他隐约知道了我对他的情感,我以为他会不理我,可当见面时,他仍像从前一样向我投来温暖的笑容。我也知道了,青春的故事没有结局。"我喜欢淡淡的忧郁感,就像紫丁香在夜空开放,就像流星划过天空,就像所有的暗恋永远没有开始。刚投完稿每次来报纸时我就迫不及待把报纸前后翻好几次,每次都没看到我的文章,后来我就慢慢淡忘了这件事。

与此同时,另一个男生走进了我的世界。他和陈宇磊是完全不同的类型。陈宇磊稳重、细心、随和，在我心里就像大哥哥，我对他的倾慕完全是仰视，我从来也没有梦想过陈宇磊能看上我，也许我在他心里只是一个小妹妹的角色。他则是我的同龄人，是个老师眼里的"坏孩子"。

他跟张科住一个院儿，是个外校的男生，和我同年级，也不知道怎么着我们就认识了。我们经常在晚上八点钟约在玫瑰学校的北门口见面，然后去河边散步聊天。

他第一次带我回他家时我很紧张，他倒没事儿一样，他妈妈也不管他。要是我带男孩回家，我妈肯定得跟我急。我看他的手都干得爆皮了，就拿了一盒擦手油要给他抹上，他不干，死活不肯擦。

我不知道我是不是喜欢他，也不确定他是不是喜欢我。也许我们只是因为无聊，需要一个人来打发时间。我们每次见面也就是拉着手散步，我们的聊天范围很狭窄，只限于各自的校园生活。就像一对结婚多年的夫妻，没什么激情，经常相对无言。

我们常去的那条河一到晚上便漆黑一片，河边没有路灯，没有栅栏，常常听说有人酒后骑车掉进了河里或者姑娘晚上走夜路被人强奸之类的可怕传闻。我们去那儿是因为那边安静，没人看见。

这天，我们又到了河边。在河对面的草地上他拉我坐下，隔着毛衣摸我的胸部，我表面镇静实则紧张。他看我不动声，来了一句让我绝倒的话："其实，我现在还没有勇气干别的……"

"你想到哪儿去了？"我吓了一跳。

"其实我也不知道我在说什么……我们站起来走走吧。"

我们继续向前走，黑暗中前方传来几声犬吠，他的身体明显地哆嗦了一下，剩下的半条路我紧紧抓住他的手，怕他再害怕。那天他送我回家时欲言又止，目光中颇有深意，第一次目送我上楼后才离开。

我不知道如何安排他和陈宇磊在我心里的地位。认识陈这么长时间了，我已经看出来他对我只有友情，和他在一起，我会比平常傻十倍，可他却能谈笑自如，也只有他让我每次见到都会有种自惭形秽的感觉。

我把对陈宇磊的爱和对那个外校男生交往的矛盾统统写进了日记本。再次见到那个男生时，我发现我对他已经毫无感觉。就连曾经想要打发时间的理由也不复存在——我加入了校学生会，成为体育部的宣传委员，下面管着两名干事,平时忙得一塌糊涂。学校的学生会里大部分都是高中部的成员,我是仅有的一位初中部的"高层"。让我高兴的是李艳艳仅仅当了宣传部的一名干事,论职位在我之下。那次的学生会竞选是全校投票,每个人都可以上台竞选。感兴趣的和前来看热闹的同学聚满了阶梯教室。我本来想当宣传部的成员,考虑到校学生会宣传部的历史比较久远,人员也比较有实力,最后选择了成立时间不长的体育部。那天也不知道是股什么力量驱使我走上讲台,拿起粉笔写下三个大字"林嘉芙"。我滔滔不绝地讲了半个小时,我甚至忘了自己讲了什么。在演讲的过程中,我看着下面一双双亮晶晶的眼睛和期待的神情,突然就想起了童年时在老家上小学的一个"六一"儿童节在学校舞台上表演舞蹈的情景。

他给我打电话约我晚上在北门门口见面,我拒绝了他。他说自从那天在河边散步之后,他想了许多,他希望我们能当真正的男女朋友。"我当时很害怕,我知道你知道了我的害怕,我没想到你那么镇静,我觉得我那时候才对你有了了解……"

"别说了,真的……"我觉得特没劲,他对我重视了,我反倒觉得无趣了,"我不想再见到你了。不,你没错,我不想再浪费时间了。"放下电话,我根本没有心情再写作业,只好打开日记,开始写日记。他从我的日记里消失了,那本日记的后半部分就只剩下陈宇磊的存在。

他又来过几次电话,甚至站在我家楼下的传达室等我。和他一样,我不知道我为什么变得那么快,那么绝情。

我太烦贾佳了。十分钟前,他向我借语文课本抄字词,我递给了他。过一会儿向他要的时候,他发现书桌上没有,就特不耐烦地说:"你拿走了吧,还回头找什么呀。"这时,他身后的程鹏把课本递过来:"不好意思,刚才我拿走看了看。"我刚把本子放到桌上,贾佳突然抢了过去。我着急地说:"给我,我也得写了。""哎呀,让我抄抄怎么了?"他阴阳怪气地说。我不同意,坚决要本子。他好像受了什么侮辱,把本子抛过来:"给就给,什么呀,小气鬼,你们一家都是小气鬼。"

我忍着气,不理他,接着写作业。没想到这事还没完,他一直在后面唠叨着,大概是看到了开着的窗户,就像找到了把柄似的:"嘁,忘了前天自己还发烧了吧?"说着,"啪"的一声关上了窗。我在前面写作业,他就在后面发泄,好像是要让全班同学都听见。

我回过头,"贾佳,你能不能别闹了?你就这点本事啊?"

"烦死了!我这点儿本事还比你没本事强呢!"望着他那张好像受了多大委屈的"弱者"的脸,我真不明白,他是一生下来就是这样,还是后天受了什么刺激。

"我真可怜你,真的。"我故意一字一顿地冲他说。

他愣了一下,拿了一本书拍了过来,正触着我的鼻子,我的鼻子很快痛起来,勾起了我潜在的暴力倾向。我的心像被一团烈火焚烧着,如果不是在学校,我真想抽他一耳光或者当头浇他一盆凉水。

"怎么了,怎么了?"我们的争吵把实习老师给招了过来。贾佳一看到老师,立刻来了精神,像个受害者一样诉起苦来,简直是颠倒黑白,恶人先告状嘛!我接着就反驳,那个看上去面黄肌瘦好像刚从学校毕业的小老师不知所措地劝解了几句,就背着手走开了。

老师一走,他就在我后面狠狠地踹我的椅子。

早晚有一天,我会报复。我边在日记本里写他的恶行边在心里诅咒发誓。

刘颖的信

林嘉芙妹妹：

下周五就是中秋节了，我们正忙着排演中秋文艺晚会，姐姐做主持人，因为还要写台词背台词，认识演员，安排节目，所以忙得天昏地暗。我们准备在八月十五那天吃烧烤。知道烧烤吗？就是几个人围着一个小铁炉烤羊肉串吃，烤鱿鱼吃，喝啤酒，唱歌。男生呢往往喝得东倒西歪，尽兴而归；女生则轻啜饮料，笑谈古今。还有啦，这几个周末里，总有男孩子过来和我谈天，请看录像电影、跳舞。唉，姐姐烦得很，实在不爱去，他们就在楼下磨啊磨的不肯走，我只好跟他们随便聊聊，最后才走了。

我还有一个弟弟，今年十七岁啦，比你还大四岁，前天刚刚去上学，考上兰州的石油学校，学四年毕业。他念了四年初中，是个很听我话的乖男孩子，且聪明漂亮。本来我以为像他这样的男孩子，会不听姐姐的话啦，特别调皮啦，害怕他会早恋啦，结果呢，他安安静静地上完初中，去念中专啦。所以我特别喜欢他。我的意思是你也要做个乖乖的女孩子，尤其要听话，才会讨人喜欢。姐姐最喜欢你的活泼热情，希望你很乖，好好学习，将来念大学，你会发现许许多多令你开心的事，在大学里你会忙得团团转，你可以跟男同学出去爬山，跟女同学去逛大商场。

谢谢你喜欢姐姐，姐姐也喜欢你！

（对了，告诉你，昨天傍晚我去海边正好落潮，那景色真美。）

远在海对岸的姐姐：刘颖

"祝你周末快乐，天天快乐！"做值日的时候，我望着窗外美丽的夕阳，一时兴起写了张纸条给王姗姗。

她看完纸上的字，嘴角抽动了一下，像是嘲笑又像是无奈："我也希望这样，可惜不可能。"

看着我不解和失望的脸，她又走过来，带着怜悯的语气对我说："林嘉芙，我知道你喜欢幻想，我也喜欢你写的话，可这是不可能的。"

她总是连名带姓地叫我,让我感觉很严肃。

我没说话,在心里暗暗驳斥她。我隐隐知道她的意思,是啊,都初二下半学期了,快乐确实离我们越来越远了,每个人都感到了初三毕业考学的压力。尤其是每天早晨上学的时候,黑压压的楼道里竟然都站满了等开门的学生。只有班长和副班长有钥匙,有时候他们稍微来晚一点,就要面对来得早等门的同学的指责。每个人都想利用早上上课前的时间复习功课或者搞点人际关系,我则利用这段时间来思考学生会体育部的活动如何开展,作业我早就不当一回事了,就像红小兵一样,学生会一号召就冲出去。我们成功地组织了几次排球比赛,我的精力全部用在如何印制海报和怎么安排比赛宣传上。

时间在我的心中陡然珍贵了许多,都用分钟来做计算单位了,什么"开会提前一分钟""早到校两分钟",总之忙得受不了。还好不用没事干了,每天"海报""干事"挂在嘴边,也不知以前还特陌生的词是如何被咀嚼熟的。

我们的课业渐渐繁重起来。过多的课外活动令我应接不暇,也让白茹对我大为不满。她警告我学生就应该以学业为主,不要总想着搞什么学生会,一点用都没有,中考的时候也不加分。她说她的,我干我的,我们势不两立,各自为王。跟老师顶撞是没好处的,就像跟家长作对没好处一样,幸好白茹从来不管我们这些整牙同学的请假。

每周一、三晚上最后两节自习课我都要去附近的解放军总医院矫正牙齿。那个医生好像挺喜欢我,每次我去他都围着我团团转,说话也轻声轻气,和一般牙医给我留下的印象大不一样。有时候我去早了,穿着校服带着满脑子算术题和化学公式坐在楼道的长椅上和一堆形形色色的病人等着看牙,总感觉医院比学校还能让我更轻松点儿。

1996年深秋,《中国青年报》用整个版面发表了一篇关于《社会需要心理服务,心理服务有待提高》的文章,里面提到了一个中小学生心理咨询热线,我如获至宝,把这篇文章剪下来,贴到了剪贴本上。

我拨通那个热线,一位叫B5的心理咨询员接待了我,从那以后,每次我都找他听电话。我们成了很好的朋友。出于纪律和惯例,他没有告诉我他的真实姓名,只说他是北师大的学生,做心理咨询员是义务工作,只是出于爱好。

我竭力回忆,但对B5的记忆却仿佛消散殆尽,就像冬天在玻璃窗上用手指画出的图案，一会儿就不见踪影。我们当时都说了什么？我是如此幼稚、彷徨而又固执万分地向他倾诉，而偏偏得到了珍重的对待。那些少年时的言语，现在每当回想起来我就忍俊不禁。

也许就算找到当年我们对话的录音，我也不好意思听。

中午，作为宣传委员的我照例给班里同学每人发一份《中国初中生报》，回到座位上开始阅读时，我突然发现，第四版的右下角正是我写的文章！看着同学们安静翻阅报纸的样子，我紧紧咬着下嘴唇，生怕让自己的兴奋流露出来。那篇文章我没用自己的学名，也没用我在"小集团"中的艺名，而是引用了一位著名女作家的一篇著名小说中的一个著名人物的名字。出于下面即将讲到的原因，这个笔名我用了一次就作废了。我想除了张科她们能看出端倪，其他人不会猜到是我，只是在作者名字下面有一行介绍：北京市玫瑰学校学生。

张科一下子冲了过来："行啊，这是你写的？"

"嗯。"我矜持地答道，不想表现得太露骨。

王姗姗也围过来："不错啊，我以后也应该锻炼着写写东西，说不定中考还能加分呢！——开玩笑，我特怕写作文！你现在跟他关系怎么样？"

"还能怎么样？"我说，"文章里最后一段我不都写了吗？"

我以为陈宇磊不会知道这件事，可他还是知道了。

"你写的文章我看了。"他说。我大为紧张，哪知他接着说："写得不错，挺好的！"

正如我小说里写的那样，我们仍然心有默契。和小说里写的不同的是，我明显感觉到正是这篇文章，提醒了他我对他的爱恋，让他开始发现身边还有一个人经常关注着他、在意着他。我写那篇文章的目的只是告诉自己，这段青春故事在我心里已经结束了（虽然在他心里尚未开始），而陈宇磊却更明确了我对他的爱恋，说不定还觉得我这求爱方式大胆、与众不同。

他该不会觉得我现在还应该无条件地爱着他、等待他的垂青吧？他们班同学也知道了有个初中女孩暗恋他，还在报纸上登了篇文章出来，我再也不好意思去高中教学楼了。唉，你说要不登就不登，要登就快点登，选稿周期这么漫长真是害死人！

为了让校团委的郝老师觉得我有组织能力，我对B5说想请他们学校的心理咨询员们来玫瑰学校做一次心理讲座，B5很痛快地答应了。学校也安排了时间，地点就安排在高中部的两间教室。我乐颠颠地写广告印海报，然后拿给郝老师看。哪知她看了以后突然发起脾气来，说我怎么这么没组织纪律观念，写完稿子应该先让老师看了修改再印。

"这不是时间不够了么……"我小声嘟囔了一句。

"那也不是你私自就能决定的事儿，这是代表了学校！"她抢白道，"要是都像你这样，都想当领导，还要老师干吗呀？"

从前常老师就骂我满肚子主意，一向温文尔雅的郝老师居然也这么说我，真让我觉得撮火。我本想左右逢源，结果得不偿失。我第一次见到电话另一端的B5，大失所望。他相貌平平，根本不是我幻想出来的清秀、忧郁的样子。B5看出我的失望，很痛心。

临考语文那天下午的天气阴沉无比，我的心头也浮躁不安，明天就要考试了，而电视机还在诱惑着我。好无聊呀，放在桌面上的书愣是看不进去。

再回头看窗外,怎么竟像黄昏?也许是云,阳光被滤得那么暗。想到自己还要复习,心里酝酿着淡淡的疲倦。

我觉得百无聊赖,就拨打了心理热线找B5聊天。我跟他说很无聊,没想到他却很急切地说:"嘉芙,我给你两分钟时间,待会儿你挂了电话就去复习吧。"

"怎么了?我才懒得复习呢。"我有气无力地说。

"我知道你的心情,以前我就像你一样,常常不顾一切地拒绝随波逐流的生活,却让自己失望透顶,得到的都不是自己真正要的。只有奋斗的人生才是幸福的人生,快去复习吧!"

他讲了一堆道理,我无奈地挂了电话,又坐在了书桌前。

期末结果出来了,除了语文考得不错以外,理科都稀里糊涂,数学只得了七十几分,排名一下子落到了班里第二十多名。自从上初中以来就没考过这么差,在这之前接连几次考试我都在班里排名中等,以前我总是前五名,这次就连王姗姗都提醒我别忘了好好学习。放学后,同学们三三两两地走了,没有人注意到站在角落里的我。我不想回家,也不想待在学校,班里没人了解我的苦闷。突然,我想起一个人,一个我的救星,能看到他的脸,听到他说话,我就会有点力量。我可以去找他。

我拖着疲惫的身体,来到曾经熟悉的教学楼。高中学生就在楼的左侧上课。在他班门口,我托一个女生叫他出来,等待的时候,我背靠在楼道的绿漆墙上,看着高中男生大声说话,女生和女生窃窃私语。陈宇磊终于出来了,身边还跟着一个男生。

"怎么了?"他看到我一脸沮丧,担忧地问。

"……没事,想跟你聊会儿。"我小声地说。

那个男生狐疑地看了我一眼。陈宇磊拍拍他的肩膀,说了句什么,他就先下楼了。

"我让他先走,我们要去趟厕所,你在这儿等我,我一会儿就回来,好吗?"

"嗯。"我冲他点点头,让他去。他一边走还一边回头看我。我发着呆,百无聊赖地等着他,就连不知道什么时候他突然出现在我面前都没发现。

看到他真的站在我面前,我突然放松下来,乐了。

"怎么啦?"他把我拉到楼梯口,关切地问我。

"我,数学没考好。"我哽咽着说,不知不觉流下泪来。

他盯着我的神情，小心翼翼地问："不及格？"

"不是，"我吓了一跳，"七十多分。"

"嘻！我还以为怎么了呢！"他笑起来，"没事儿的，我们班还有好多不及格的呢，我化学就没考及格。"

我也让他逗笑了："我怎么能跟你比？你都上高中了，题肯定比我们难。"

他又好言劝慰了我一会儿，说以后有什么不高兴的事就来找他，"我得做值日，你先回家吧。"我才恋恋不舍地走了。

陈宇磊好像是我的药片或安慰剂，我觉得天大的麻烦在他看来都微不足道。而他，对此一无所知。他父母管他很严，我只好接着找郑泽聊天，每当站在楼道的阳台边上和郑泽侃侃而谈，或者在我屋的小阳台上大声读白居易的《长恨歌》时，我总希望陈宇磊能听见。他近在咫尺，我知道他也听到了，可他从来没出来过。

在我忙着校园活动的这段时间，李艳艳倒变成了"品学兼优"的好学生，她也是学生会的成员，可从不见她投入过什么热情。当学生会成员对她来说，顶多是罩在头上的一圈虚无的光环。白茹虽然对李艳艳另眼相待,也仅仅表现在对她学习成绩的关注上。白茹是位冷淡的班主任,跟谁的关系都平淡如水,没人可以在她那里讨到亲昵和欢心。这种无为而治让同学们都很满意。

我没想到李艳艳居然和班长一起得到了"优秀干部"和"市三好学生"的称号。那天,我们全部初二学生聚集在礼堂看教育部的领导给这些"天之骄子"们颁奖,王姗姗在旁边忿忿地说:"哎哟,林嘉芙,你说你亏不亏啊?你给学生会卖命,结果什么也没得着,倒让李艳艳那个马屁精占了便宜,丫平时什么活也不干,中考还能加20分,你说你怎么也不学着点儿啊?"

"你这种性格以后在社会上肯定吃亏。"她最后总结道。

放假前的最后一个礼拜轮到我们班"大值周"。这个星期不用上课,只负责打扫校园清洁卫生。同学们早就盼着借此逃避繁重的课业,只有白茹满不高兴地嘟囔学校为什么还派快要初三的学生来干活。"你们应该注意成绩,都快初三了,还这么散漫呢!"这是她经常说的口头语。这个星期每天早晨和下午时,我和几个同学站在校门口值勤,检查同学的校服和校徽佩戴,不合格的就记下学号和班名,八点钟以后，我们开始清扫高中的教学楼。

我每天都在盼望陈宇磊出现的那一刻，张科、王姗姗她们每次都盯着陈宇磊审视一番，然后嘲笑我见了他以后咪咪傻笑的举动。张科跟我说陈宇磊长得还行，个儿挺高，就是她不喜欢那种成熟的男生。我知道王姗姗心里还惦记着那"小温兆伦"，自从她知道了贺征喜欢的是胡小婷，她就再没跟胡小婷说过一句话。本来她们就不是一个圈子的，现在根本就没有往来。不幸中的万幸是胡小婷根本就没看上贺征，也不知道她是不是心有所属了。这让王姗姗的心理有点平衡了。

"大值周"最后一天，已经打过了放学铃，除了几个还在扫楼道的我们班同学，这座楼上的高中生们基本都回家了。只有一个班还没锁门，里面有几个同学正在教室里布置联欢会的会场。

教室后面挂了一大串颜色鲜艳的气球，红红黄黄，漂亮极了。我最喜欢那几个蓝色的，蓝得那么厚实，那么纯净。"这些气球真漂亮！"我和阿杨趴在高二的一个教室门口，异口同声地感慨。

可能是因为我们那痴迷的目光吸引了一个男生的注意，

他走过来问我们有什么事没有。我们告诉他我们是"大值周"的班,负责扫楼道。"可是你们的气球太漂亮了,我们不由自主地凑过来看。"我说。

"噢。"他笑了一下,像是突然决定了什么事似的说,"等一下。"说着跑进了班里。

很快他就抱着一黄一蓝两个气球走过来,递给我们,眼里闪动着纯真的情愫:"这是送给你们的。"

我和阿杨每个人的怀抱里突然多了一个大气球,都感动得不知道说什么才好。

"祝你们新年快乐。"他说。

"祝你也快乐!"

那天回家时,我一手推着车,一手举着我的蓝气球。天上下起雪来,飘飘荡荡。每当下雪,心情也总有些忧郁,但并不烦闷,是一种淡淡的忧郁。真的,你不知道那些小精灵从哪儿飘出,却又一片片地落在地上。它们蝶般地环绕着你,向你致意。我抬起头,雪花沿着橘红色的路灯灯光从天而降,飘到我的脸上、身上,像一双双小手抚摸着我。自从上了初二以后,我第一次感觉如此真实,如此快乐。

元旦,B5给我寄来一张明信片:"友谊是无私的,友谊是永恒的,忘掉'97之不快,HAPPY NEW YEAR,顺祝小洁新年快乐,万事如意。"

过年时,丁翠翠一家果然回老家了,我不知道丁欣家里的电话,不知道她的事情将会发展成什么样子。

寒假我去维多利亚家找她玩时给她看了我的两本日记,这是一个大胆的举措,当时我们还没有听说过谁和男朋友有了真正意义上的接触。在递给她那本红色的日记之前,我有过一秒钟的犹豫,不知道她会不会对我"脚踏两只船"有什么看法。

"你的初吻没给陈宇磊真可惜。"维多利亚看完我整本日记后抬起头,"如果我是你,我会把它给陈宇磊。"

"也许有一天,我会让陈宇磊看看我写的日记。"我在心里默默地说。

第六章　深雪

这一天很快到来了。

寒假是我们短暂的放松时间，楼里的孩子经常聚在某个人的家里打扑克，我跟陈宇磊说想去他家玩，没想到我只是随便一提，他就痛快地答应了，说父母白天都上班不在家，就他一人在。听他提起父母，我的眼前立刻映现出他父母的形象。他爸爸是位严肃而不失温和的军官，和楼里的大部分军官一样，平时忙于工作，很少在白天出现。我有点怵他妈，那可是个严厉的女人，从她平时冷冷地注视我们这帮孩子的眼神就能看出来，无论谁去敲陈宇磊家的门叫他去玩，他爸还没反应呢，他妈就先上来挡驾了。

第一次去他家，我有点拘束，看出来他也有点紧张。他的房间很简单，没有什么多余的物件，书架上除了学习用书没什么课外书，这间屋子没有流露出一丝一毫主人的性格特点或者爱好。而他就站在我身边,那么稳重,那么温和。为了避免尴尬,我还叫来了一个邻居家的小女孩陪我,他打开客厅的电视让我们看。我们看了会儿电视,觉得无聊,就关了。出了客厅,我和小女孩打打闹闹,陈宇磊看到我们,突然神色一变,看我的眼神也不知道为什么热烈了起来。

第二次去他家我带了作业,我们在一张桌子上并肩写寒假作业。

"你想考什么大学?"我问他。

他低着头思索了一秒钟,然后露出笑容:"北大。"我看到他的白色的牙齿一闪而过。

"哈哈,你开玩笑吧?你想上北大?太难考了。"我也笑起来,"那我也考北大。"

过了一会儿,为了打破沉默,我说:"我想让你看看我的日记。"

他深深地凝视了我一眼:"好。"

我飞奔上楼回家取出日记本,摊开,把写有他的页码指给他(当然我没让他看里面关于另一个男孩的记录)。

我在他身边坐了一会儿,不敢看他看我日记时的神情,"你先看吧,我有点累,可以在床上躺会儿吗?"我指了指他的小床。平时在家里时，每当累了我就躺在床上看会儿书，发发呆，调节一下心情。"行啊。"他说，站起来帮我收拾了一下扔在床上的几本练习题。

我平躺下，伸展了一下做题做得已经有点麻木了的手臂。时间一秒一秒过去，我听到他翻动书页的声音，有点后悔了，如果他看完不再理我怎么办？

"看完了。"他说。然后他站起来，走到床边，躺在了我的身边。我往里面挪了挪，让他躺得舒服点。那是一段像死亡一般的沉默。如果他再躺近点，就能听到我的心脏正在快速地跳动，"怦怦怦"，好像要跃出我的胸膛。我努力让自己的呼吸显得平静自如，可怎么也做不到。

"谢谢你给我看你的日记，我自己没有写日记的习惯，可能我也应该开始写……昨天看到你和那个女孩那么亲密，我就一直在想，为什么她可以，而我不能……"陈宇磊含情脉脉地注视着我，在我身边轻声叹道。

哦，那叹息犹如另一个春天。我沉醉在难得的慵懒和惬意之中，听到他说的话以后却惊愕无比："你，你说什么？"

"我说，我也想，我也想……和你亲密地待在一起……"

他把头侧过来,紧紧抱住了我。我紧张极了,不敢看他的眼睛,只是隔着厚厚的毛衣搂住他的腰。他也隔着衣服轻轻地抚摸着我。那来自异性的,来自我心底的爱人的,来自我崇拜不已的偶像的爱抚令我惊叹颤抖。我们亲密无间,整个房间像是升起一股袅袅的紫色烟雾,笼罩着两个因爱情突然到来而满面红润的年轻人。到底有多久呢?是很长很长时间了还是从来都没发生过?他的嘴唇慢慢靠近了我的嘴唇,终于,我们的嘴唇碰在了一起。他吻了我!这件事肯定是要写在日记里的了,要不要立刻对维多利亚说呢?我有一个爱人了!……一边接吻,我的大脑一边疯狂转动。我好像分裂成两个人,一个沉迷在和陈宇磊的缠绵中,一个正在看着我自己接吻,并且疯狂地分析着无数问题。我沉浸在他唇间健康清新甘甜如蜜的气息中,握着他那温暖有力的双手。啊,爱情!这就是爱情!我真愿早些拉住他的手,他爱我,他像我爱他一样爱我。这是有生以来第一次,我爱的人也爱我。我都想歌唱了,我真想大喊,喊给所有人听,如果叫我选择,我永远也不会松开他的手!可我只能调整自己的情绪,装作若无其事地说:"我现在不太累了,咱们起床继续写作业吧。"

我们又写了一会儿作业,写着写着我就开始笑,刚抬头就会迎上他同样在笑的脸庞。我们之间暧昧的气氛越来越浓,经过刚才的短短几分钟,我们之间的关系完全变了。"待会儿你可以跟我一起躺会儿吗?"陈宇磊轻声问道。

"当然可以。"我答道,有点奇怪为什么他要问这个问题,便接着做作业。

没想到他没有立刻上床,而是走进了厕所。我以为他要上厕所,可厕所的门并没有关。我跟着他也进了厕所,看到他正在脱上衣,他淡黄色的皮肤在浴室的日光灯下发出淡淡的温柔光辉,他的身材不胖也不瘦,是高中男孩所特有的结实、瘦削。

他看到我进来,没有太惊讶,只是有点害羞,又很从容地拉起我的手,说:"我们一起躺会儿吧。"我低着头跟着他走出洗手间,像是跟着他去另一个世界。我不知道他要做什么,唯一肯定的就是,我很想知道他即将做什么,我想陪在他身旁。

我们走到床边,他示意我先躺下,然后他躺在我旁边。他一件件、仔细地脱下我的衣服,只剩一条小内裤。与此同时，我仍旧在胡思乱想，我真的不知道他要干吗，肯定不是要做"那件事"吧？这是根本不可能的。不是说只有结婚以后才可以吗？

"好冷。"我打了个哆嗦。他拉过被子，把我盖好。然后看了我一眼，像是下了很大决心一样，很温柔地脱掉了我的内裤。我不敢看他的身体，我不知道接下来将要发生什么，我不知道此事该如何收场。是的，我爱他，喜欢他，崇拜他。但我完全没有做好要和他"在一起"的准备。什么是在一起呢？在我这个初中生的头脑里，那是青梅竹马，两小无猜，每天一起上学放学，偶尔对视微笑的意义吧。我完全没有想过结婚之类的问题，只是喜欢他，想每天都看见他。他对我这么好，我都害怕了。

接下来该做什么呢？那是一段短暂而又漫长的沉默。他把我的身体翻了过来，头低着，我不知道他在观察什么，这让我有点不舒服。他在看什么？我的身体好看吗？他会不会不喜欢我的身体？我好自卑啊。

"……你知道怎么做吗？"他问我。我知道这是他第一次见到女孩的裸体。当然我也是第一次如此赤裸地出现在一个男孩面前。在今天之前，在此刻之前，也许我们从来没有想过这样的场景会发生在自己身上。"我也不知道。"我说。

我知道我该制止他,可我没有。我知道我并不想做什么,从我开始知道"那回事"开始,我就觉得它毫不浪漫,没有情趣,甚至比较低级,比起来,我更喜欢精神的恋爱。上幼儿园时和喜欢的男生搂抱着在秋天的树下打滚,满地都是黄叶,像张厚厚的地毯,好像全世界只剩下我们两个孩子,那时留下的是无比美好的回忆。在老家上小学时的假日去喜欢的男孩家里做作业,他给我吃糖,我们脉脉对视,当年他的脸已经在我面前模糊。我离开家乡之后就再也没有见过他,半梦半醒的时候想起他来,怀疑他是不是梦中人?这些到底是真的还是虚构的?对于我面前的这个男孩,我要的并不多。只要能继续爱他,继续喜欢他,除此之外别无所求。我们在干什么?我们到底在干什么?

他徒劳无功地找了一会儿,仍然不得要领。我们又折腾了一会儿,都有点累了,心里充满了沮丧和不安,红色的日记本还摊在桌上,像是上帝跟我们开了个玩笑。最后,他像是突然想到了什么似的,开始穿衣服。我呆呆地坐着,感到无限委屈。

"记住,明明,你并没有少什么。"他抱着我,安慰道。

"嗯,我知道,我知道。你别担心。"

"你并没有失去什么……"他喃喃低语。

我隐约知道他的意思,可还是有点失落,真的没有失去什么吗?潜意识里,比起这样的结果,我更希望我们真正发生了什么,这样他就属于我了。

那天告别时,我们的表情都有些不自然。手中的日记本散发着令人刺目的红色,与窗外灰白色的天形成了强烈的对比。

我怎么也没想到,这是我第一次也是最后一次和他这么亲近,这是我最后一次去陈宇磊家。正如他对我的爱是匆忙而至,他的离开更是迅速而毫不留情,只在我的心里刻下了一道深深的伤痕。几天后的一个晚上,陈宇磊给我打电话,说我们那天的事情一直在他脑子里盘旋,而每当想起此事,他就没办法写作业。他明年就要考大学了,他不能和我在一起了,我会影响他的学习。

我还没有反应过来,他就已经挂了电话。

在一个不知名的小卖部里,我买了两瓶易拉罐啤酒,坐在河边喝了,然后晕乎乎地骑车回家。我在街上胡乱骑着车,北风呼呼地从脖子吹到前胸,我一点都不觉得冷,只感觉心中涌动着怒气和怨气。我头重脚轻地推着自行车走进存车处,一眼就看到了他的自行车。一瞬间,我觉得自己还得多喝点。

我拿起电话拨他家的号码,是他接的。我说:"我是林嘉芙,你还有初三的课本吗?我想提前预习一下。"

"哦,"他顿了一下,像是考虑了一秒钟,"没了,我原来的课本都扔了,你再问问别人吧。"他的声音那么沉静,我听不出来他有过心理斗争。

"那算了吧,打扰了。"我仓皇地扔下电话,走出传达室。今天院里没有人踢球,夜色弥漫在四周,像一张无形的网,有那么一秒钟,我觉得有点喘不上来气。我这才明白,他真的离开我了。

如果说他从没爱过我,这还能够理解,可是在我们有过那么惊心动魄的接触后,他怎么就变了呢?他的消失犹如当头一棒,打得我晕头转向。我怎么能忘记在那个小斗室里发生的一切呢?他到底爱我吗?我摸着自己的嘴唇,起码那个吻是真实的吧?我盯着浴室里的镜子流着泪仔细观察我的身体,起码我的身体还有被凝视被关注的回忆。

他这么急切地甩掉了我,是不是想扔掉那天不成功的记忆？我恨你，陈宇磊，你知道吗？我恨你！我看着以前为他写的日记，边看边冷笑，觉得自己简直愚蠢透顶。

丁欣也郁郁寡欢，她的父母知道了她的恋情，那个男人也跑到她老家见到了她的父母，可他们还是不同意。

我有好多话想找人倾诉，却不知道找谁。就是有人，我也不会找他去说，现在我终于明白，我只能信任我自己，于是我开始写日记。想了半天，我终于决定用初一时李老师奖励期末考试前五名发的一个淡蓝色的本子，当我的日记本。这次我不会再让任何一个人看，不管他（她）是谁。第一个日记本我让维多利亚看了，上面记录着江小湖和风的一举一动；第二个本子我让陈宇磊看了，上面记叙着我爱上陈宇磊的事实，我甚至比以前还蠢！那两本日记都已经"背叛"了我。

"你的身体里好像缺了一部分，不能适应正常生活，可能是因为你太喜欢胡思乱想了。你有才华，别怀疑，你喜欢写文章，这就是你的才华。你还年轻，前途无量，可你却这么忧郁，到底出了什么事？"B5焦急地问。

"别问了。"我头痛欲裂，好像再说一句话就要哭出声来似的,"以后再联系吧。"

你说活着怎么这么难呢?

我把窗帘拉上,台灯发出比太阳更明亮、更温暖的光。锁紧房门,我把收音机放到最大,反反复复听那些爱情歌曲,眼泪在脸上纵横交错。

没有一个人真心爱我,没有!人都是自私的、虚伪的!我曾对陈宇磊那么好,可到头来又得到什么?我把所有心血都倾注在学生会体育部,可得到的却是白眼和猜忌,为这我学习搞得一塌糊涂,谁都不感激我!贾佳、刘珍那些人还老说我坏话,为什么?!为什么?!

校团委也从来不感激我,反而怪我多管闲事,天哪,我有那么贱吗?我没事干了吗?给团委多管闲事?我的目的还不是为大家服务?可连老师都不理解我!

而李艳艳那个马屁精什么都不干却可以混个市级优秀干部、三好学生,我简直无话可说了。天理不公,天理不公!

谁都不理解我,那我为何还要傻了吧唧地为校团委、校学生会卖命?我这是为了谁?我不会再傻了,不会了。

人都会长大、都会成熟的,我恨透了团委郝老师还有传达室宋大爷那张虚伪的脸!我不会再傻了,去你妈的陈宇磊,去你妈的风!

他们都对不起我,都对不起我!没错,我变了,但这是你们逼的!我谁都不相信,谁都看不起!

唉,什么时候能搬家啊?真想离开这个是非之地、伤心之地!

第七章　午夜怨曲

周六下午,我去张科家学习,她妈给她找了几个家教,辅导数学、物理,她就约我一起学。快七点了,我准备回家。刚走到她们家院门口,一个男孩吸引住了我的目光。他半倚在自行车旁抽烟,目光懒散地看着四周,好像在等人。

"嘿,你!"他跟我打招呼。

我又惊讶又兴奋地走过去:"你是在跟我说话吗?"

"那我在跟谁说话啊?"他反问我,"看你眼生,你不是这院儿的吧?"

"啊,我刚才来这儿找同学。你在等人吗?"

"没有,就是无聊在这待会儿,观察观察生活。"他打量了一下我自行车,"要走啊?叫什么啊你?"

"林嘉芙。"

"我叫王淼,就住这院,回头你要来可以找我玩。我给你写个电话。"

我从包里拿出本和笔,递给他。他写好后,瞅着我,似笑非笑地说:"放心,我可不是什么小痞子,虽然我原来进过工读学校。"

我们聊了起来,他说的一切都让我感到新鲜。他很酷,喜欢音乐,自己在外面住,还有一个已经工作了的铁哥们。

"如果你没事,我带你去一个朋友家玩会儿吧。"我说。如果不是我父母晚上都在家,我肯定就把他带到我家玩了。我给兔兔打了个电话,她说她刚做完作业,正一个人待在空荡荡的家里,听说我要给她带一个人来玩很高兴。

那天我拼命说话,表现自己,想让他对我另眼相待。没想到,他更喜欢喝兔兔熬的绿豆汤,夸她成熟懂事,真让我郁闷得够呛。

王淼的作风果然与众不同,大晚上的他要求出去散步,为了不让他扫兴,我们把他带到旁边的一个军队大院,那里有单杠、双杠和沙坑,还有一大片桑树林。看着他和兔兔有说有笑的样子,我很生气王淼为什么对兔兔那么好。王淼临走时,借走了我写的小说,说他很高兴认识我们。

几天后,王淼给我打来电话,我心里原本很激动,可他却专问兔兔的电话,说不小心给丢掉了。我的心一下子就沉下去,告诉了他兔兔的电话后他就挂了。结果放下电话我才发现,我把电话号码的最后一位记错了,他肯定找不到兔兔。我有点幸灾乐祸地想:活该!

兔兔跟我说,她给王淼打了电话,两个人聊得很开心,她根本就没注意到我听了她说的话以后立刻就沉默起来。我很嫉妒,甚至都怀疑他们互相爱上了。

"王淼,我不许你对兔兔好!"

今天治眼睛时,阿姨批评我没有毅力,不爱做操,总吃甜食,写字姿势也不正确。是啊,这已经是第三个疗程了,我的双眼视力却还在4.7、4.8上下浮动,阿姨怨我,我也怪自己,我就是没有恒心,吃不得苦。

吕江拿着两瓶雪碧向我走过来,很自然地递给我一瓶。我跟他说起和王淼相识的经过和苦恼。他是阿姨诊所里新来的患者,职高刚毕业,正在找工作。

"王淼不适合你。"吕江听我说完后,平静地说。

可我并不太在意,因为当时并没有料想到以后跟他还会再有接触。我觉得他幽默又特沧桑,是我从来没接触过的类型，让我欲罢不能。

治完眼睛，他提出送我回家。在路上，他一直不说话，好像有心事的样子，在我的追问下，他言辞恳切地对我说："作为女孩子，你缺的是狠和分寸，还有，不要有依赖性。"

吕江的话令我心烦意乱，足足想了好几分钟，也不知道该说什么。

"你该不会生气了吧？"

我还是不说话。

"别生气了，就算我说错了还不行？"

"没有，吕江，谢谢你。你说得都对，不过我听了这话确实很难受。"

他晚上给我打来电话，再一次道歉，我们说好互相LOVE，有点开玩笑的意思。

放学后，我写完日记到楼下溜达了一圈，明天接着治眼睛，又可以见到吕江了，不知道这次他会说什么。我照例到传达室前的信箱拿信，有一个陌生的男孩正站在信箱前面和我们院里的小女孩侯雪说话。

"哎，起来点，我都看不着了。"我凑过去，使劲看那些龙飞凤舞的粉笔字。

我发现他一直盯着我看,就不服气地说:"吗呀?"

"嚄,这么多啊。"他看着我手里的信。

"都是我的笔友。"他的脸在月光下像镀了一层银,眼睛熠熠生辉。我这才发现他长得挺帅的,一念之下,我调侃道:"你叫什么名字?我叫林嘉芙,咱们交个朋友吧?"

他好像吓了一跳,我有点下不来台:"开个玩笑,走了啊。"不用回头我也知道,他一直看着我的背影。

回家后我才意识到王淼改变了我。以前我从来不跟陌生男孩说话,可自从认识了他,我就变得愤世嫉俗,爱骂人,玩世不恭,跟谁说话都特随便。更可怕的是,我还特别喜欢他,虽然他说他不是小痞子,我看他也不像好人!

吕江体贴地递给我一罐雪碧,我说了昨晚的事,他说:"你是个好女孩,心好,就是易冲动,爱动真情,不适合以后的社会。现在像你这样的女孩已经不多了!"我感激地冲他笑了一下。

第二天放学后在楼下碰到侯雪,她说昨天的那个男生说我坏话。我一听就火了,问他说什么。

"他说你是骚狐狸精。"

我听了差点没晕过去!我最大的问题就是男女关系,

在这事上我可栽大了,苦难岁月不要再重演吧!风、陈宇磊已经是太大的教训,现在居然有人说我是狐狸精,这简直是差了十万八千里!

"他叫什么名字?"我问。

"好像叫贺维特。"

我在贺维特的院门口堵住了他。"你那天跟我们院小孩儿说我什么坏话啊?"

"我没说什么呀。"他装傻。

"你说了,还不承认!"我有点急了。

"那你说我说什么了?"

"你说我……"我把那不堪入耳的四个字咽了下去。贺维特真鬼,还打算让我自己骂自己一遍啊。

"算了,那天跟你说要交朋友的那话我是无意的,你肯定误会了我的意思!我跟你道歉,不欠你什么了,你以后别说三道四了啊!"我赌气地向他鞠了一个九十度的躬,他脸上带着种可恨的笑意,一句话也不说。我松了口气,义无反顾地掉头就走。

晚上九点多钟,我游完泳,一个人筋疲力尽地回到院里，奇怪，今天院里多了几个住隔壁院的男孩，正凑在一起聊天呢。我这才想起，好像从那天我们认识开始，他就经常在我家楼下活动，每天晚上都能看到他和一帮隔壁院的男孩坐在台阶前待着，消磨时间。

我穿过他们，上台阶进门准备坐电梯。刚走进楼道，就听到两个人在说话，那声音听起来那么熟悉，这才发现那个背对着我、穿白衬衫的人就是陈宇磊。真是冤家路窄，又碰上了。我稍微犹疑了一下，拔腿就向楼梯走。电梯那么狭小的空间，真不知道该怎么面对他，估计到时候我连气都喘不匀实。为什么我的心跳如此急促？为什么我的思想如此混乱？直到爬到四楼，还能听到他们说话的声音，真让我恨得牙痒痒。

楼道的墙上不知道哪个小孩胡乱涂着"少年不知愁滋味，爱上层楼，爱上层楼，欲赋新词强说愁"，我瞅了几眼，接着往上爬。

很长一段时间了，我不再参与他们的体育活动，碰到他们在楼梯口打牌的时候就远远躲开，每个晚上我就一个人静静地坐在客厅看电视。我孤独极了，我很想找一个朋友，一个真正的朋友。

我真的希望有一个好的……朋友。

我对自己说，要平静下来。即使我的心里对陈宇磊还有思念，但十四岁，这还不是爱的季节。

我接到一个莫名其妙的电话，那边声音很杂乱，根本听不清他在说什么，我问他是谁，他说他叫贺××。我一听到"贺"字脑袋就大了，想起了贺征，可他又说不是贺征。奇怪，我不认识另外一个姓贺的家伙啊。他约我到楼下玩，我说好吧。放下电话我一直在想到底是谁啊，结果吃完饭我就忘了这事，也没有下楼。

突然，一个念头在我脑海里涌现，该不会是他——贺维特吧？

这么一想我就更晕了。他约我去玩？不会吧？看看时间，已经五点多了，距他给我打电话已经过去了两个多小时。我象征性地到楼下溜达了一圈，根本没他的影子。虽然是我爽约，我还是有点生气，有一种被愚弄了的感觉，他怎么这么随便就给我打电话啊？

和维多利亚游泳时我还在想着这件事，维多利亚问我有什么心事，我说有点累了。我提前二十分钟离开了游泳池，匆匆往家赶。

我下意识地望了望院前的台阶，那里空空荡荡，我的心也随之沉了下去。啊，他没来，果然生气了。就像小孩干了什么坏事受到大人的惩罚一样，我不由得步履沉重起来。刚走进大铁门，突然就听到一个陌生的女孩在叫我："林嘉芙，林嘉芙，等等！"是谁啊？我站住，使劲向不远处张望，院里亮着明晃晃的灯，一切都影影绰绰的，看不清楚。直到她走近我才发现原来是隔壁院的一个正在上职高的女孩，平时我们并不怎么接触。她神秘兮兮地说要跟我谈谈，我一听就明白是贺维特的事。我说好吧，把车停到车棚，她把我拽到角落处，问："你喜欢贺维特吗？"

我的天，她居然问我喜不喜欢贺维特，我怎么会喜欢他呢？我对他一点都不了解！他肯定是误会了我的意思吧？我的大脑迅速转动了几圈，决定还是告诉她实话："不喜欢。"

她好像根本没有在意我的回答，反而向我指了一下大门口："他们在那儿。"然后就走了。我愣了几秒钟，好奇心占了上风，我向前走去。那儿有七八个男孩，看起来声势壮大。

见我看着他们,一个小子笑着说:"贺维特在那儿,Look!"

我回过头,贺维特不知道从哪儿窜了出来,怀里还抱着一只篮球,玩世不恭地笑着,我想起上次他对我的"评语",不禁皱了皱眉。

"你有什么事儿找我?"我问。

"没事呀。"他笑嘻嘻地说。

"那你给我打电话干什么?"我的口气变得生硬起来。

"我没打电话。"

听他这么一说,我回想起下午的电话,觉得是有些异样,我诧异地望着他,隐隐觉得这是场阴谋,可又没有证据。

这时,旁边那些流里流气的男孩一个接一个地说起来:"他还查你家电话呢。""他从楼上看你,想喊,又不好意思。""都等了好几个晚上了。"

我立刻就心软了,不由自主又看了他一眼,温柔了点:"有事儿吗?"

"没事。"他还是这么说。见我不信,他痛苦地"咳"了一声,那神情,活脱脱像烈士面对审讯一脸凛然死不交代,又像是对我恨铁不成钢:"我真没给你打电话,你怎么不信啊,累不累啊?"

气死我了,既然他没事找我,我还站在这儿干吗?我恍然想起了曾经和风、雨两兄弟的谈话,此情此景,就在眼前。我想起了以前流过的泪水以及伤心欲绝的往事,不同的是那次我是主动要谈话,这次我是被动地参与了对话,但两次我都同样尴尬。

管他到底有没有事,我是不想待下去了,于是我说:"我走了。"贺维特倒是痛快:"走吧。"

我转过身走了几步,突然觉得自己像个木偶,从一开始就任人摆布,我不能这么低三下四,呼之即来挥之即去,一股怒气涌上我的胸膛,我回过头冲他大喊了一句:"贺维特,你怎么这么有病啊!"

有些紧张,有些无聊,有些心伤……我很累了,但我一点都不困,我甚至去客厅看了一会儿电视。父母都睡了,只有我守在电视机前,随着剧情的发展而欣喜悲伤,看到动情处我还落下泪来。我想起了吕江、陈宇磊、王森、风雨两兄弟,还有这楼上的一些男生,心绪纷纷乱乱,就像温兆伦唱的一样:"一辈子受冷漠,没有人靠近我,连朋友都已失去太多……"如果不是安静至极,如果我不是坐在客厅,可能我根本就不会发现楼道里有了动静,好像是几个人的脚步声,还有人在小声说:"她家就在这儿……""你去敲门吧……"我坐在沙发上一动不动,等待着敲门声响起,可它像大雪落过地面,最终无声无息。

我们隔着铁门,谁都不知道对方在想什么。

唉,青春本是一种苦。

自从那天我骂贺维特有病之后,他就再没在我家大院门口出现过。每当游泳回来路过空空荡荡的大院门口,我就感到既轻松又有点失落。我自己都不知道从哪儿认识了一个叫张学军的大学生。我对此理解为想什么有什么,缺什么来什么。由于我太渴望和人交流,上天就让我认识了他。

我把他带到了家里,大概是十点多钟,父母都回屋睡了,客厅沙发上躺着从老家来的一个亲戚,已经睡着了,正在打呼噜。

我们悄悄绕过他,进了屋,把门锁上。他看着我满当当的书架,饶有兴味地端详了一番,说:"你还挺爱看书。"

"是啊,你对文学感兴趣吗?……"

我还没说完,他突然抱住了我,我既紧张又兴奋,还有些恐惧。大概是好久没有和人亲近了,我的心"嘭嘭嘭"直跳,我很快推开了他。我们聊起天来,他拉着我的手,我语无伦次。

"唉,明知前面危险,你还向前走。"他幽幽地叹了一声,向我转过头,我们的嘴唇贴在了一起,他顺势把我拉到床上。他躺在我旁边,向我伸来一只胳膊,我把头压在他的胳膊上。我们静静地躺着,享受这难得的寂静和温暖。

"砰砰砰!"一阵短促而清晰的敲门声让我回到了现实。完了,我这才想起来客厅还有人在,他肯定听到我带人回家了。

"明明,现在就让这个人走,要不然我告诉你父母。"

关上门,我向他示意该走了。他无奈地拿起外套,给我写了一个呼机号,临走前还亲昵地吻了一下我的脸颊。我摸着他吻过的地方,就像做了一场梦一样,我又躺到了床上。虽然十分钟之后还要接着写作业,我仍然沉浸在意乱情迷中。啊,那一吻,太令人回味。

我迫不及待想和他再见面。晚上,我给他呼机留言,约他到翠微路十字路口见面聊天。那一天我早就到了,从九点四十到十点四十,连个人影儿也没见着。我灌下一罐啤酒,头也昏昏沉沉的。后来天开始哗哗下起大雨,讽刺的是,就在那种情况下,我还固执地站在十字路口等待红灯变绿。整条街空无一人,只有偶尔路过的小汽车鬼魅一般一闪即过。雨水淋到我的脖子里、裤子上,顺着小腿流进鞋里。

如果没猜错,他今天晚上来我们院了,可是并没有找我,我发现他的车停在车棚里,就在他的车座上写了两个字:笨蛋。

我不知道自己到底爱谁。我每天沉浸在文学作品带来的感动中,《星》这篇文章居然使我流下了泪。文章中的黄和梅春姐深深相爱,我都嫉妒得不得了!谁爱我?贺维特吗?别做梦了,他不会的,他那么怯弱,没有勇气,何况我曾那么深地伤了他的心。可我为何这么失魂落魄?

我多么希望有一个男朋友啊,长得像张学军一样漂亮,那双星星般撩人的眼睛……我已经恨他啦,不想再理他,却不由自主总是想起,每次想起都令我心旌摇荡不已!

我怎么了?天哪,我是怎么了?这仿佛不再是原来的我了,我已经不再是过去那个天真的小姑娘,这到底是谁的错?

这半年来,发生了这么多事,真不像话。我又呼了张学军,他一直没有回电话。

我在张科的院外意外碰到了王淼,出乎意料的是我发现自己并不是很激动,他就像我青春生活中的一个小章节,现在已经结束了。张科也让我精疲力尽,她太不讲道理了,常常骂我、不尊重我,如果我再死心塌地和她当好朋友的话,绝对会弄得自己伤痕累累痛不欲生。我真想和她绝交,但我们有着千丝万缕的关系,我无法下决心和她真正断开。也许只能淡淡地交往吧。

"我一直觉得你是个太重感情的孩子,可悲的是你还这么天真,张学军和贺维特根本就是在玩儿你,当然,你也不是那么纯粹——你推波助澜。"

见我没吭声,王淼又接着说:"你必须得大胆地剖析自己,分析自己,勇敢地面对自己。"

"我……"我想了想,还是说了实话,"……我不敢。"

"你太不成熟了,根本就是在浪费时间,正经事却从来不用心。你要是想聊天想找朋友可以找女的啊,为什么非得找男的啊。"

"我……我也不知道,这不是碰上了吗?"

"你就是一个空想家,喜欢把故事往自己身上安。平时你复习吗?是不是老坐着发呆,百无聊赖?你还说要考北大,照现在看来,连考你们学校高中都难!你也不想想,北大多难考啊,你们班长有考北大的把握吗?!"他侃侃而谈,摇头晃脑,反正是想显得比我聪明。

"说完了没有?请你不要老自以为是好不好?"我终于爆发了,"你总是说一番大道理,还以为是为我好,你不就是比我大几岁吗?你这番说教我受够了!"

就在我觉得和贺维特已经结束不会再发生什么故事的时候,他却又给我打来电话。这次他是在家打的,声音很清楚,我没出息地发现,我一直在等他联系我。那天我们聊得很开心,挂了电话,我睡得很踏实。

第二天,也就是开学前的最后一晚,我在家门口遇见了贺维特,他和侯雪正坐在台阶上,我高兴地从他身边走过,想跟他打招呼,可他压根儿就没理我。我有点生气,觉得特憋闷。作为报复,我决定去小卖部给王淼打个电话。电话通了,却一直没人接。我正在想要不要再打个电话时,侯雪突然跑过来,说要和我一起聊天。

"侯雪!"身后有人在叫我们,是贺维特,他站在小餐厅门口,向我们招手,然后诡诡然走了进去。

"姐姐,贺维特在叫你。"侯雪拉了拉我,我无可奈何地跟着她进了小餐厅。

贺维特和一个胖男孩坐在一张桌子旁,一股谈判的架势。我真希望他是独自来的,这样也不会让第三个人看到我。

我平静无比,甚至有点居高临下地坐下。他没话找话,问我喜欢什么音乐,我故意说:"摇滚。"其实我对摇滚乐一无所知。他们两个傻笑起来,真逗,有什么可笑的啊。

"我也喜欢摇滚。"贺维特说。我怀疑地瞪了他一眼。

我们不知道该怎么把对话进行下去,他们顾左右而言他,不知道该说什么,还装得特深沉,我觉得特别扭,站起来甩出一句:"你们这些男孩啊,真是无药可救了,什么时候才能变成人啊!"拂袖而去。

我想起昨天我们在电话里的聊天,怎么回事呢?为什么我觉得今天的他和昨天的不同?我不喜欢他每次都带着朋友出现,初一时也许我会很高兴,但现在我已经快初三了,我对男孩已经不感兴趣了。也许我对贺维特太残酷了,我也想和他成为好朋友,但为什么我们之间的距离那么遥远呢?贺维特,你到底是我的朋友还是敌人?

贺维特,我____你!

第八章　少年迷惘心事

在校园中意外地看到了吕晶晶,他向王姗姗打招呼,居然向我作揖,叫我"大姐"。我很激动,想起了初一的日子,那时虽然也有痛苦,但更多的是欢乐。直到吕晶晶走远,我还在发呆,不知道这些日子他过得怎么样……

为了体育会考,每天上完第二节课后,我们都要绕着篮球场跑上1500米。有个孩子特贫,边跑边说单口相声逗大家乐,我们刚学过杜甫的《石壕吏》,他就说什么"吏呼一何怒,老妇吞长江",连我这个满怀心事愁眉不展的主儿都乐坏了。不知道为什么这位笑星特别喜欢跟李艳艳扎堆儿,李艳艳经常唤他"小李子",他就应一声"喳",屁颠颠地跑过来。羽翼丰满如日中天深得纪老师依赖和宠爱的李艳艳(她倒是忙上工作了,真是投其所好),甚至连贺征都降服了,贺征现在见着她也有说有笑的,往日的龃龉早已不复存在，跟我倒是疏远了，让我伤心不已。王姗姗看贺征跟她的仇敌李艳艳又和好了，更一并恨起贺征来，她再也不叫他的名字，一口一个"贺秃驴"。

也许，少了一个爱慕虚荣的朋友，不也很好么？

星期五，跑完步，贺征、魏勤等几个同学面色苍白地瘫倒在地，说心脏难受。同学们都回教室了，他们靠在楼道的扶手上大口喘气，只有几个他们的哥们儿陪在身边，李艳艳早跟"小李子"回教室聊上天了。

我坐立不安，终于来到贺征面前，一句话也不说，只是无限怜悯地望着他，望着望着，泪水便充满了眼眶。他的眼圈儿也红了，不知道是疼红的还是想起了我们以前的友情，或者兼而有之？但我们始终不说一句话，我是不敢，他呢？也许他和我一样，不忍破坏这短暂的温馨吧。我好想握住他那双瘦弱白皙的手，但我不敢，我怕他生气，更怕旁边那么多同学说闲话。

后来他好了，并没有向我道谢，我也没有说不高兴。只不过我的心里仍旧暖乎乎的，在这严酷的大环境下，我已和他交流过目语。

我认识了一个好朋友。说起初相识,还是初二下学期呢!那天我们正从北门进校,我扎着陈宇磊说的"像小狗"的两个小辫,阳光映着地上的影子,也许是前面的女孩看到了地上的影子,她回过头来看着我。我则有些羞涩地回视着她,冲她笑了一下。

"你好,林嘉芙。"她走过来对我说。

我很惊讶,"你怎么知道我的名字?"

"现在还有谁不知道你呀?"她说,"你现在不是学生会的人吗?"

"你叫什么名字?"我听了她的话,有点吃惊,这种恭维我还没学会心安理得地习惯。

"我叫王萌萌,"她说,"上初三。"

我们攀谈起来,她说她是双鱼座,也喜欢温兆伦。听她说喜欢温兆伦,王姗姗的影子在我的脑海中一闪即过。

那次谈话之后,我再也没有碰到她,我以为这就是一面之交,萍水相逢而已,何况她当时已经上初三,快毕业了。但人生何处不相逢,我们又见到了,她告诉我她在实验班,现在上初四。因为我们不同班,交流起来不方便,她便提议我们各自买一个笔记本,每天把想说的话写下来,见面时交换。我以为她只是说着玩,没想到下次一见面她就拿出一个精致的小笔记本递给我,让我回家看完后在后面写上自己的感想。在急切地想了解朋友的心事方面,她一点也不比王姗姗逊色。她一直催我买笔记本,我推托了几次后终于也买了一个。她说我买的质量不好,对我们的友谊不重视。每当她责怪我时,我就感觉王姗姗又回来了。或者,她是另一个王姗姗?

她交际很广,经常在学校的路上碰到外班的熟人,我只是她其中一个朋友。她说我很重要,我想她只是暂时的迷失,天知道她为什么会觉得我如此重要,而我还毫无感觉。

开学才两周,却总觉得隔了千万年。我特别怕新班主任那双震慑人心魄的眼睛和那双涂满口红的薄薄的颤动的嘴唇。我想起李老师和白老师,李老师是慈祥的,像妈妈;白老师像一位严厉的医生。而纪老师呢,像保姆。第一眼见到她我就知道我们不是一类人,王姗姗却和她有说有笑,好像很聊得来。开学报到那天我碰到那双仿佛能看穿学生内心世界的眼睛,明明是夏天,却情不自禁打了个冷颤,提醒自己这个老师和以前的都不一样,必须小心谨慎。没想到第一次的数学作业我就犯了个错误。上自习时,班里同学都在做作业,纪老师喊我的名字:"林嘉芙!"

我边往讲台走边想是不是作业做错了,哪知道她看到我,用手指了指我的本子:"你的作业格式不对。我上节课说了,作业本应该中间打一道线,左右各空出二点五厘米。你看你的左边是不是空小了?"

我一看,确实是。

"没事儿,下去吧。"她说。

纪老师极其讲究这种形式主义,和前班主任白茹的两耳不闻窗外事,一心只想让学生读书的管理方针不同的是,她还特别着重培养学生的课外工作能力。这对我来说是个新的考验,经过初二一年,我对课外活动已经心灰意冷,我还能重新提起组织活动的兴趣和热情吗?

刘颖的信

林嘉芙小妹妹:

你好!

开学有一段日子了吧?怎么样?过得还好吗?年

前给你的信不知道收到没有,你的来信我可是收到了,别以为我忘了你,怎么会呢?毕竟你天真热情的笑脸给我留下了很深的印象,我至今记得你是多么亲热地左一声"姐姐"右一声"姐姐"地喊我,真的,就是我的小弟弟也没有这么亲热地喊过我呢。过年快乐吗?来信告诉姐姐一声。

我们已经开学了,上个周末又和同学们一起去滑冰了,玩得真开心。不过,摔了好几跤,至今腿上还有瘀青呢。学习这些日子不会太紧张,我们商量着清明节那天去爬山野炊。你们那儿有去爬山的吗?我记得在北京那儿时你约我去游泳,现在游得很好了吧?我至今没有再去游。本打算这个周末去游泳,可惜又出了点小麻烦,不能去了。我的游泳技术不怎么好,只好赶快练习了,以后有机会再见面,我也好和你一起游泳去啊。

你前些日子不是去治眼睛了吗?有没有效果?要是有效果的话,我也好去治呀,我的眼睛也是近视呢。

天气真好,我穿着长裙子还觉得热呢。你们那儿呢?还是爽朗朗的天吗?呵,真想念你,很可爱的小姑娘。

祝你快乐！

远在大连的姐姐：刘颖

我把刘颖的信放在一边，准备写完作业再给她回。可作业太多了，我都不知道写得完写不完。月亮啊月亮，你是如此明亮如此清眇，我想你一定了解我心里想的东西，如果果真如此，就请你保佑我在十一点半之前完成各种作业。可我就是不明白，干吗非得写这么多作业呀？

广播里传来一首陌生的歌，一下子就把我打动了，"当你开始哭泣你可听见我的叹息，我知道你失去的远比我曾给你的多，你想要的海誓山盟我没有资格说，我只想再陪伴着你给你些欢乐……"主持人说这位歌手的名字叫郑钧。

我在班里打听了一上午，也没有人知道这个人。那时最火的歌手是台湾的张信哲，春游秋游联欢会上大家都唱他那几首脍炙人口的流行歌《过火》《信仰》《别怕我伤心》。还有几位流行歌手也深得大家喜爱，比如王姗姗和我都喜欢的温兆伦，我喜欢的杨采妮，唱《雪人》（贾佳常唱）的范晓萱，兔兔就特别喜欢她的专辑《小魔女的魔法书》。问了半天，只有跟贺征关系比较铁的魏勤说有他的磁带。我向他借，他说明天给我带来。

因为都是军线打电话不花钱，他经常给我打电话问作业。也就是这个显而易见的原因，使魏勤成了少数几个愿意放学后还跟我有联系的同学。

第二天我问他要磁带，他说忘带了。一连几天，他都没有想起来拿给我。我也真是好傻，觉得他只是忘了，根本不知道他在敷衍我。我甚至没有想到可以自己去买一盒，只是在等待他能想起来。

我最后见到贺维特那天是九月十三号的晚上。那时天渐渐凉了起来，秋天到了。我一想到秋天就想到凄凉和孤独。不知道为什么，我怕秋天，我畏惧秋天。院里也没有小孩再扎堆儿了，贺维特一个人坐在台阶上，不知道在想什么。我们没有说话，他拿那双亮晶晶的眼睛看着我。那双眼睛深不可测，薄薄地笼罩着一层水汽，那是一双多么令人心酸的眼睛啊！我叹了口气，从他身旁走了过去。我们仍旧相对无言。

中秋节时，我和马洁一起来到王萌萌家住的大院，那段日子，我和马洁突飞猛进地亲密起来，在这座楼上，能真正交流心事的人也就是她了。有时候我不愿意一个人在家做作业，就拿着上她家做。马洁长得像她妈妈，都有"少白头"，两个人身体都有点虚胖，皮肤都白得不健康。她爸五大三粗，胡子拉碴，我真怀疑他是她的后爸。

院里有一座很舒服的小凉亭，四周无人，院里闪烁着亮晶晶的彩灯。我们拿出月饼和买来的啤酒，边喝边聊。她说鲍冰，我说陈宇磊。鲍冰是她暗恋的一位男生，都喜欢很长时间了，她一直没表白。我理解她的顾虑，她怕鲍冰觉得她长得难看。我想起了陈宇磊，都这么长时间了，我还未对他断情。马洁说她觉得吕江特花，我想也是。可我压根儿就不喜欢他，又关我什么事儿？

"我原来有个好朋友就住这楼上。"我用手指给马洁看，"好几天没见着她了，还真有点想。"

那天在回家的路上，不知道是不是因为喝了啤酒，我感到轻飘飘的，两驾自行车好像要飞起来，飞向银河。

"我告诉你一个秘密——"马洁凑了过来，煞有介事地拉长了声儿。"快说!"我放下笔,准备洗耳恭听。"我跟鲍冰交朋友了!""啊?"

她把收音机的音量调大了一点,好盖住我们说话的声音。在我的熏陶下,我们平时都一边听广播一边写作业。

"是这样的,我不是特别喜欢他吗?后来我跟他说了,没想到他说他也特欣赏我。我们俩现在好了。"

"我真羡慕你啊!"我由衷地说。和她妈妈内向、怯弱大为不同的是,马洁是一个大胆、开朗又凡事乐观的女孩。她经常劝我别太在意别人的眼光,应该活出一个真自我。"别管别人说长道短,不然你非得累死不可!"马洁好快乐,她真的无忧无虑,平时只管学习,在恋爱上也"勇于进取",真让我佩服。

"那你跟我说说他吧。"我把手拄在桌子上,问她。

她略略思考了一下,说:"他喜欢摇滚。"

"摇滚?"我吃了一惊,"真有个性。你帮我问问他平时都听什么磁带。"

几天后,马洁在楼道里递给我一盘国外乐队的磁带,说这是鲍冰最喜欢的乐队。"Nirvana……"我念着那个陌生的名字,问她:"你听了吗?""听了十分钟我就受不了了,真不知道鲍冰为什么喜欢这种音乐,他还说他现在只听国外的,他说中国的乐队给不了他震撼。"

我像捧着宝贝一样把那盒磁带拿回了家,像平时一样边听音乐边写作业。只听了五分钟我就受不了了,快进再听,还是一样。这么暴躁的音乐实在不适合当写作业的背景音。

我关了收音机,又打开广播,躺到了床上。

"今天我吃完晚饭去和鲍冰约会,你来吗?我跟他说起过你,他也想认识你。"

"我在合适吗?不会当电灯泡吧?"

"嗐,没事。"

我见到了马洁的男朋友,他不怎么说话,一说话就露出不屑的表情。他问我喜欢"Nirvana"吗,我如实相告,他撇了撇嘴:"那说明你对摇滚根本不了解,慢慢听吧。"说着用手臂搂住马洁。看着他们卿卿我我搂在一起的甜蜜样儿,我浑身发酸。

又是一个在台灯下独自奋战的夜晚,写着似乎永远写不完的作业。我最讨厌写理科作业,什么数学、化学、物理……最讨厌教物理的老太太那张世故虚伪的脸。哎，今天几点才能写完啊？李艳艳的学习成绩早就超过了我，我不再是她的"对手"，不到万不得已我们绝不说话，只要看她的眼神，我就已经知道她正在心里冷笑我……

忽然响起了敲门声。我打开门，外面站着一位不速之客，正是那天和贺维特一起在小饭馆里的胖男孩。

"什么事？"我疑惑地问他，向他身后看了看，就他一个人。"听说你现在喜欢摇滚乐，借你本书看。"他递过来一本书，封面写着《灿烂涅槃》。

"这个字怎么念？"我指着"槃"字问他。他告诉了我，看到我怀疑的神色，说："真的这么念，你别不信。"

我接过书："你住在哪儿？我以后怎么还给你？"他目光闪动了一下："你就还给贺维特吧。他住在对面四号楼305。"我的第一反应就是："那怎么行啊？"他还是坚持让我直接还给贺维特，我没办法，只好说好吧。

厚厚的一本书，我三天就看完了。奇怪，我是通过这本书爱上摇滚乐的，虽然这本书里仍有许多名词我不懂。也是在阅读的过程中，我了解了那盘我听不下去的磁带背后的故事，那种陌生的生活吸引着我，好像大洋彼岸有人在呼唤着我的名字，等待与我相识，也真是讽刺，当我有幸认识他时，他已经死了。

我问了我们楼里的男孩现在在听谁的歌，有人自豪地宣称在听黑豹的《无地自容》，没有人听说过"Nirvana"。

就像溺水的人在挣扎中紧紧抓住手中的稻草不放，我迷恋上了摇滚乐。这次我不再吝于金钱，妈妈给我的零用钱我都拿去音像店买了磁带，所有大陆出过的摇滚乐队和乐手的专辑我都买齐了，每天写作业时翻来覆去地听。

刘颖的信

林嘉芙小妹妹：

你好！

先告诉你一个消息：姐姐离开学校，毕业了。别怪我这么长时间没给你写信啊，这段时间一直忙毕业分配的事，学校给我分的单位我不太满意，家里人也催我先回家待一段时间再考虑。你还好吗？现在已经初三了吧，一定要好好学习呀，等你考上了高中，姐姐会给你送礼物！

这段时间写信不太方便，等姐姐找到固定的工作后我们再联系吧！

远在家乡的姐姐：刘颖

那个胖男孩一直没有再出现，没有人催我还书，好像这本书已经属于我了，它静静地躺在我的书桌上，好像一枚定时炸弹。两个星期后，我觉得应该还书了，尽管不情愿，吃过晚饭后，我还是拿着《灿烂涅槃》（里面的故事早已烂熟于心），按着他给的地址，找到了贺维特家。是他妈妈开的门，说贺维特已经住校走了。我心里一下子变得不是滋味儿，真后悔那天我没有跟他说话。

贺维特，这个住在邻院的男孩子，似乎就此消失了，但他的气息还充溢在我的四周，我无时无刻不呼吸着，多可悲呀……

为什么我去找他他不在？为什么我们总是失之交臂？为什么友情这么难以追随？多可悲呀……刘颖姐姐也毕业了。为什么我生命中的美好事物一件件都已消失了呢？我放上那盘"Nirvana"，这是能让我感觉到他还存在的唯一的东西。

想起贺维特,我先是迷茫,进而不知所措。我把我和他的事跟马洁说了,心里痛快多了。她告诉我要把这些事看淡点,"你在这儿伤春悲秋,说不定人家正在那儿和一个又一个女孩玩呢!你就是太敏感了,以至于生活得不平衡。"

"其实我并不喜欢他……"

"不可能吧?那他走不走你干吗这么在乎?"

"我……我也说不清楚。"我对他有种说不清道不明的感觉,有时候会想起他来,但每次见了面我却想挑衅。也许青春就是容易日久生情。为什么没有纯真的友情呢?

那一段时间我过得很灰暗,对待宣传委员的工作也马马虎虎,消极怠工。放学后纪老师找我谈话,她把我拉到楼道里,说:"最近你的工作情况不是很用心啊!""纪老师……"我不知道如何开口,便对她讲了初二时白茹和我对待此事的不同看法,"那时我一心用在工作上,可除了白眼和讽刺什么都没得到。"

"你听我说,林嘉芙!"纪老师使劲地攥着我的肩膀,"我原来跟你一样,也闹过情绪。当初我写入党申请时,努力表现，可学校总有人看不过眼，还老说我这儿不好那儿不好，我没气馁，接着工作，后来也入了党。"她总结道："咱不能光受别人影响，必须得明确自己的身份，是吧？"

最后，她深情地对我说："老师没有放弃你，希望你能转过弯来，工作学习都有进步。"我点点头。她这才放下我："好了，快回家吧。"

课间，我不小心把王姗姗的眼镜碰到了地上，甚至都没替她捡起来。她捡起来后发现一只镜片裂了，这还是我从她给我写的信里知道的。这也是她在初中给我写的最后一封信。里面说不明白为什么我碰了她的眼镜不捡起来，还说眼镜坏了需要重配，因为原来是朋友，不用我赔了，她可以告诉她妈是她自己不小心磕坏的。

我也不知道自己是怎么回事，对此深深内疚又不愿与她目光交流，甚至不愿意和她再说一句话。可能是上了初三后她便对我不理不睬让我伤心。我们别别扭扭在班里生活着，好像过去的两年都不曾存在、发生过。

我同桌是个长得又黑又瘦的学习特差的男生，他好像喜欢上了王姗姗，下课没事就去找王姗姗打情骂俏，王姗姗根本就懒得搭理他。有时候俩人闹急了也你一言我一语地吵嘴。相比他这么喜欢王姗姗,我就没这么好的待遇了。我们在课桌上画了道"三八线",谁越线了另一个人就拿胳膊肘杵对方。上化学课去实验室时基本上都是女生搭伴儿坐,反正王姗姗是肯定跟苏倩坐同桌的,阿萌也有阿杨陪着,我基本上只好跟这个男生坐在一块儿。我特怵做实验,他也老骂我笨。"她就是缺心眼儿,特傻。"贾佳还老来这么一句。

后来他不愿意跟我坐一块儿了,就换成了另外一个小个子男生,他后来去了日本留学。我们老是打架,当然不是真打,就是互相嘲笑漫骂。"你刷牙吗?"他一边嚼口香糖一边喋喋不休,"我老能闻到你嘴里的怪味儿。"我学乖了,每次上化学课也嚼一块口香糖,对他言听计从,他开始信任我,跟我讲一些私事,再也不像从前那样飞扬跋扈。

在一次他例行公事般的议论过后,我沉默不语。"你怎么想的?"他急急地问我。"×××,"我叫他的名字,慢悠悠地说,"其实我觉得你特傻。你以为我特看得起你吧?那都是我装的。我就是想看看你能表现成什么样儿。"

他的嘴张成一个弧形,半天没合拢。

马洁给我讲了不少她和鲍冰的事,常常听得我耳红心跳的,如果我也能有一个像她一样的男朋友该多好!

我不常写日记了,也许是前两本日记留下的阴影。王萌萌也不理我了,他妈的!她说我不关心她,而我觉得她妨碍了我的自由。

第二节课做完操,同学们呼啦啦地从操场上散开回教室,纪老师当着全年级同学的面叫住了我。我向她走过去,她把我拉到一侧开始训话。正对着操场,我躲闪着不敢看四周同学向我们投过来的诧异眼光,第一次这么丢人,在全年级的同学面前丢人。我看着迎面向我走来的风和雨,觉得无地自容。

纪老师面如沉霜,她苦口婆心地劝我要好好学习,收收心,同时也不能耽误了班里的宣传工作。见我好像在思索,她紧紧盯着我,像下了狠心似的说:"要不然这样吧,林嘉芙,只要你说一句让我以后别再管你,我以后就不再管你了。"

我的眼睛突然亮了一下,随即黯淡下去。我倒真想让她别再管我呢,可我不敢说,反而做出一副焦急而沉重的神色,向她保证道:"纪老师,我希望您继续管我,我以后一定好好学习,多做班级工作。"她心满意足地走了,我慢慢地跟在她身后。

我真恨自己,如果我能再有多点勇气!如果我能拒绝……可我知道,她这些话只不过是恨铁不成钢,如果我真让她别管,后果更不堪设想。

几天以后的傍晚,我来到附近一所中学,正巧在操场上遇到了一位老师,她说看到我的校服知道我是外校学生,我徘徊不安的举动引起了她的好奇,我便向她坦诚了我的心事。

"你想转学?听了你刚才说的几条原因,我也不知道该怎么劝你,不过,我还要提几点不知你是否注意到的问题。一、转学后你能否适应一切呢?比如同学们,还有老师的讲课,以及你感情上的转变。要知道,适应需要时间,而今年正是初三,不可能花时间去适应。二、你说当干部累了,那你为什么不直接提出辞职呢?当然,我并不是想阻止你转学,而是想让你想得更清楚、更明白,我也是出于一位老师的心愿,希望你理解。三、现在是非常敏感的时期,每个学校都要追求升学率,你的学校肯不肯放你?有没有学校肯要你?他们能冒这个险吗?你好好想想我说的话,如果你执意要这么做的话。"说着,她便自顾自地走了。

我想转学，仅此而已，怎么会有这么多大道理？人可真虚伪，不是吗？我看着夜色渐渐笼罩了校园，操场上踢球跑步的学生也回家了，我也该走了。我背着书包，带着沉重的心情走出了这所学校。

我像一只翅膀被剪断的鸟儿，想飞却怎么也飞不高。我知道我死定了。我该怎么办呢？

每天我都在惶恐挣扎中度过，经常被噩梦吓出一身冷汗。回到家，我把自己锁在小屋里，边听广播边写作业。作业总那么多，像永远写不完。我没有胃口吃饭却总是很饿，我甚至买了一包奶粉，每天晚上给自己泡一碗喝。我陷在自己创造的温暖舒适的小沼泽地里，慢慢下沉。我只能强忍着这种感觉，等待它散去。从很小的时候就有这种厌恶生命的感觉，却一直无能为力。

"纪老师，我想请一节课的假去医院看牙。"

她没搭理我，低着头一边批卷子一边跟班里同学说："都什么时候了，还看牙？咱们班有些同学就是虚荣，早不整晚不整，非得快毕业了才整！晚自习是让你学习的，不是让你去玩儿的！学你学不好，班里工作也不积极干，天天来这儿不知道干什么吃的！我告诉你林嘉芙，以后你看牙的假我不批！如果是班长、学习委员请假我二话不说，你就不行！"

直到放学后，天都快黑了，我才急匆匆地赶到医院。医生正在等我。"怎么今天这么晚才来？""放学晚了。"我随便找了个借口，不愿意跟他细说。每次我们都边治疗边聊天，他也喜欢跟我瞎聊两句。渐渐地我感觉到我们之间有了种默契，我不知道他怎样看待我，可能觉得我是许多治牙学生中有趣的一个吧。他让我每天都认真地刷两次牙，早晨我总是匆匆忙忙，对刷牙敷衍了事。有一次他问我："今天刷牙了吗？""当然。"我肯定地回复他。"哈哈，你后牙上的铁丝还粘着一片菜叶，今天吃什么了？"把我闹了个大红脸。

今天他对我也太暧昧了，在拿下白色的医用纸片让我漱口的过程中，他有意无意地碰到了我的前胸，虽然穿着厚厚的一点也不性感的校服，我还是条件反射地起了一身鸡皮疙瘩。刺鼻的药水味、犹如手术刀发出的吱吱嘎嘎的尖利的仪器声，和细声慢语戴一副银丝边眼镜的貌似敦厚的中年牙科医生，共同组成了我每次看牙的经典画面。

今天我破天荒地没有迟到。我的数学练习册上还空着好几道题，上数学课时，我一边听课一边装作自然地用手臂掩着书卷，纪老师好几次走在我身边都没有发现。快下课时，她突然看到了我的练习册，一下子就急了，把我的练习册抽了过去："你怎么没写作业？"她的声音尖利无比，高高举起了我的本子，"看看啊，咱班同学还有不写作业的！都初三了，快中考了，还不做作业！"全班同学都用鄙夷的目光看着我，我把头深深地低了下去。

"今天写完再走！"她不再理我，接着讲习题。

晚上八点，我终于写完了那几道练习题，班里的同学都走光了，我开始收拾书包，心里想着今天会几点完成作业。正准备着去办公室叫纪老师锁门，门突然被推开了，原来是纪老师的儿子。他跟我们一个年级的，十班学生。看他的表情，简直让我想起了"欣欣向荣"四个字，跟我正好形成强烈反差。我突然想起一个荒唐的念头：别看纪老师对我严词厉色，对她儿子肯定不错吧？

"哎，你怎么还没走啊？"他问。

我羞愧又难以启齿："我，我刚补完作业。"

"噢，"他不经意地扫过我的书包，"我妈一会儿就过来。"说着就出去了。

我站在教室的门口等待着。纪老师穿着外衣拎着手提包走了进来,"林嘉芙,写完了吧?都八点多了,走吧。"

我的眼眶一瞬间湿了,像是突然被某种东西控制了,像是大坝被冲垮,我冲上去,紧紧地拥抱住她,"纪老师……"我有许多话想说,激动和委屈令我不由得哽咽起来,第一次和她挨得这么近,我才发现她也是个有血有肉的人。她僵住了,半天才反应过来,旋即大声地怒斥道:"快松开,你这是干什么?!"她的嗓音吓了我一跳,我感到刚才突如其来的勇气一下子全没了:"纪老师,我……"她丝毫不为所动,拉开了我的胳膊,像看个怪物一样看着我。我不由自主地向后退了几步,眼里还滚动着刚才的泪花,像个小丑一样,简直是场十足的闹剧。

"你怎么了,干什么呀?"她冷冰冰地讥讽道,"走吧,锁门了。"灯"啪"的就灭了,我踩着黑暗走出教室,使劲踩脚下楼梯。天上闪着几颗冬夜的寒星,夜风吹动了我的发梢,路灯照着我拉长了的身影,又一天结束了。可明天呢?明天还得接着上学,还得接着受折磨。

回家后我给王淼打了个电话,他约我和马洁第二天晚上放学后到他住的小屋玩。我们到那里时发现里面还坐着一个男孩，他自我介绍说叫吴佐哲，是王淼的铁哥们儿。王淼说他很少带朋友过来，这次为我们破了例，我们便说了不少感激的话，他们都满足地乐了。这个小屋很不错，墙都涂成了宝石蓝色，有种梦幻的气氛，还可以听音乐看黑白电视聊天。如果我也能住在这种地方就好了！如果我也有这样一起生活的朋友该多好！他们两个人抽起烟来，还问我们要不要。我们拒绝了，说不会。和王淼相处了这么长时间后，我对他们"这种人"的印象不再像从前那样对立了。以前觉得他们不可思议，现在倒也没什么，他们只是比我认识的绝大多数人都要自在、偏激一些罢了。

"我看吴佐哲好像对你有意思，他刚才一直跟你说话来着。"回家的路上，马洁说。

我没表态，因为不知道该说什么。他喜欢我吗？这样的喜欢来得太容易了吧？

有天晚上，传达室里有一个油嘴滑舌的小伙子拿着一封信问我和马洁："林嘉芙是谁？"我们根本就没搭理他。

也许他就是另一个张学军。还没有相识我就看出了前途和结局，我不再对这样的偶遇抱有任何幻想。

前几天张科还冒冒失失地告诉我十班有个男孩儿要跟我交朋友,这可是件棘手的事,她说她也不认识那个男孩,何况又是外班的。可能是谁呢?我想了半天,也不知道。也许这一切是个骗局也不一定呢。

"你变了。变得太多了。原来我喜欢的你的热情纯真都没了,你每次给我写信都抱怨学校抱怨老师抱怨同学,从来没想过自己的问题。你也不关心我,我们认识这么长时间几乎都是我主动给你写信你才回,我再也受不了了! PS.说一句:我喜欢的还是原来的你。"

王萌萌给我写来最后一封信,这次我没有太多感慨。似乎对于友谊,我已不再像从前那样在意。越需要友谊,越渴望友谊,我就越深切地明白,友谊如此美好,永恒又是这样艰难!我们就像两条交叉线,相遇又渐行渐远。友情来得匆匆,去也匆匆,即使这样,还是留下了夺目的一道光环。

我是变了。我变得甚至不再在乎从前的友谊。笔友来的信能不回就不回,有的甚至连拆都不拆,直接扔进抽屉。

银小橙:

你好！见信HAPPY！

这已经是你第三次没有回信了，到现在为止，我已经记不起你我到底有多长时间没有通信了，也许三个月、四个月，不，应该五个月了吧！

前几天，我看到《语文报》第982期中的第一版"友谊篇"，其中有一篇黎巴嫩诗人纪伯伦的《论友谊》，是这样写的：

一个青年接着说：请为我们谈谈友谊。

他回答道：

你的朋友是对你需求的满足。

他是你带着爱播种，带着感恩之心收获的田地。

他也是你的餐桌，你的壁炉。

当你饥饿时会来到他身边，向他寻求安宁。

当你的朋友倾诉他的心声时，你不要害怕说出自己心中的"不"，也不要掩饰你心中的"是"。

当他默默无语时，你的心仍可倾听他的心；

因为在友谊的不言而喻中，所有的思想，所有的欲望，所有的期盼，都在无可言喻的欢愉中孕生而共享。

当你和朋友分别时，你也不会悲伤；

因为当他不在身边时，他身上最为你所珍爱的东西会显得更加醒目，就像山峰对于平原上的登山者那样显得格外清晰。

不要对你们的友谊别有所图，除了追寻心灵的深耕外；

因为只求表露自我而无所他求的爱，并非真爱，而是撒出的网，捕获的净是些无益的东西。

奉献你最好的东西，给你的朋友。

若他定要知道你情绪的落潮期，那么，把你的涨潮期一并告诉他。

因为，你若只是为了消磨时光才去寻找朋友，这能算你的朋友吗？

总该邀朋友共享生命才是。

因为朋友要带给你满足你的需要，不是填满你的空虚。

在友谊的滋润下恣意欢笑，同享喜悦吧！

因为在那微末事物的甘露中，你的心能寻到焕发一新的晨曦。

看完这首诗，我想了很久，我想我们应该好好谈谈。

如果没记错，我的第一封信应该是在初二上半学期写的，记得当时我第一次收到你的回信，不知道是高兴还是兴奋，害得我下午第一节课没听讲。我承认第一次给你写信是出于一种好奇，但当给你回信的时候，就不是好奇了，而是一种执着，因为当第一次给你回信时，我已经把你当作是自己最好的朋友了。直到现在，我身边已经没有知己了，除了张帆，我的心里话不能讲给别人听，因为他们没有把我当过知己，没有把他们的心事讲给我听，我怎么会与他们成为知己呢？而现在张帆也走了，我的知己也只有远在北京的你了。我不得不承认，在一些事情上，你比张帆知道得多，可是……

记得当初，我们刚刚成为朋友的时候，我是多么地兴奋，我还连夜写信给在国防科大的表哥，告诉他我在北京有一个朋友，是我的最好的朋友，我几乎见到每一个人都想告诉他们，我在远方有一个朋友。可现在表哥问我你的情况时，我却只能说她很好，现在在忙着中考，很累。我不想告诉他说我不知道，我们已经好久没通信了。你知道我当时的感受吗？

昨天晚上，我把你写给我的信都看了一遍，我觉得信中好像缺了什么。你给我写信从来不会超过一张半纸（只有一次例外），而绝大部分是谈花草树木，从来不谈你在学校的情况，不谈你的人际交往，你的酸甜苦辣。我是你的朋友啊！难道你写信给我真的只是为了消磨时间吗？而现在你忙了，没时间了，难道忙得连写信的时间都没有吗？

我不知道为何你没有写信给我，也不知道我到底做错了什么事让你不理我。当你第一次没有给我回信时，我安慰自己：小橙现在是毕业班学生，很累，不能给我写信；第二次没有回信，我对自己说：也许她没有收到我的前一封信。可第三次……记得在一期《足球之夜》中，主持人说过一句话：当球迷第一次看到错判时是惊讶，第二次是愤怒，第三次他们沉默了……记得有一次，你写信告诉我，你喜欢Again（轮回乐队），我在回信中说不喜欢听，但我还是花了一天的空闲时间，跑遍了半个淄城才买到。虽然他们唱得并不太好听，但我还是经常听，因为我相信，在我听歌的时候，远在北京的知己一定也在听。

贝多芬说过，友谊的基石，在于两个人的心肠和灵魂有着最大的相似。

是你的不会走，不是你的勉强不来。

期盼你的回信！

此致

敬礼。

友

冬夜晚十一点二十一分

又是一个星期，银小橙，我很失望，你我是朋友，如果我有什么做得不对的地方，你可以告诉我，我可以改。你不写信，这样太让我失望了，如果你给我写信，我两个月不回，你心里会怎么想？这一个星期，每个中午我都去传达室，看到底有没有我的信，可惜没有。

　　我是一位远方的朋友,有什么痛苦和快乐,请写信告诉我,让我与你共享!
　　真诚地期盼你的回信!

这是我最后一次收到他给我写的信。我不敢,也不忍告诉他我现在的处境,我不想让他与我共负重担,甚至我不知道该如何向他诉说我的苦恼,我想他并没有责任承担黑暗的情绪和一颗绝望的心。

为了查找学习资料,我翻开了以前的书夹,恍然间,我翻到了里面最隐秘的一层——海报。拿起海报,我一张张看起来,从第一张招聘启事,到八一与健力宝比赛,再到招收干事……我不禁为之颤抖,那一张张富有感情、五彩斑斓的海报,那一篇篇虽稚嫩、不知天高地厚却热情洋溢的海报,我常常感到这里曾洒下我和所有校学生会体育部成员的汗水。

　　那一刻的感受是奇特的、感人的,我回忆起了当初和同学们一起贴海报,和王姗姗、贾佳、蔷薇一起画体育部的创刊号;甚至,和白茹作对的事情;激昂演讲的时候……

早以为自己忘记了过去的岁月,过去的,都是不堪回首,而昔日重现,我才发现它们在我心里占着多大的比例!是的,这是一段我走过的岁月,菁菁校园中有苦有乐有笑有泪的日子,一段多么好的日子啊,尽管已经过去……

"陡峭的悬崖曾印下攀登者血汗的印痕;天宇里有鸟飞过,丰满的翅膀抹去了飞翔的痕迹;夜空里有流星划过,划下的亮弧悄然间隐去,辉煌只在一瞬。不在乎是否能留得下痕迹,只要真正走过。"

若干年后可能有一天,我可以很骄傲地给别人展示这些海报,我曾经做过、经历过、感受过、爱过。

贺征一直没有送我贺年卡,我幽怨的眼神常常注视着他的背影。难道就像王姗姗所说,他早有预谋,当初接近我只是为了追胡小婷,现在我没有利用价值了就把我甩掉了?他甚至都很少再看我,幸好偶尔眼神相遇,他并没有别人注视我时那种冷漠和轻视的味道。

学校组织全体初三学生去海淀区的某个露天体育场参加职高、中专、技校的提前招生会。那天很冷,所有人都捂着严严实实的大棉袄。操场上到处摆满了各个学校的招生启事和宣传单,北风呼啦啦地吹着,我们依次走过展台,看到什么比较有意思的学校就上来做自我介绍。除了学习最差的学生指望着提前招生走掉,没有人对此过分认真。谁都知道苦读九年,最终的目的是参加中考上高中考大学。

有位女老师吸引了我的目光,她大概三十左右,但看上去极年轻时髦,很瘦很白,头发短短的,染成浅黄色,很是特别。她也在看我,我便走过去。"我是西×中学英语老师,你平时英语怎么样?""还行,不是很好,有时候喜欢听英文歌。""那你唱一首听听。"这可难住了我,我思索了一下,唱了几句:"Say you say me, say it for always, that's the way it should be; say you say me, say it together, naturally …"她也跟着唱起来,边唱边打拍子,然后在名单上记下了我的名字。

回学校的车上,学生被挤得东倒西歪,贺征就站在我的不远处。我看着他,这次,他没有躲闪我的注视,他的眼神里有一种不得而知的忧伤的东西。看着看着,我就不想再看,心里更是难过。他费力地把手探向衣兜,好半天才拿出一样东西,没想到他居然递给我一张贺卡!

我珍惜地把贺卡紧紧攥在手里,直到回家后才小心翼翼地拿出来。里面写着一行字:"祝你新年快乐!友:贺征。"哦,贺征!

第九章　蓝草

这一年冬天回老家时,每个人都问我怎么胖了这么多。我也不知道,后来想起来是因为喝多了奶粉。衣服穿在身上都紧绷绷的,我也无心打扮,天天就穿着红棉袄和旧衣服。我最初爱上摇滚乐,觉得特酷,姥姥让别人给我织件纯毛的毛衣,我特意让他们在前胸织上了"Nirvana"。我不想让他们看出我的不得志,每天都尽力做出笑脸。这里的山水和故乡风情也的确安慰了我,我和妹妹每天都散步、爬山,用傻瓜相机拍了许多照片。

又回到北京的灰色冬天,在孤独的驱使下,我开始给各种杂志投稿。《中外少年》的编辑很喜欢我的作品,好几次都登了。有一天杂志上刊登出一份北京记者站招记者的启事,联系人是北京广播学院的一名学生,我便报了名。几周后收到他的来信,约我和其他的小记者周六下午去他的学校开会。看着那个印着"北京广播学院"的信封,我琢磨半天,这到底是个职高还是技校?怎么校名看起来那么怪?

周六上午十点钟我就出发了。由于不知道北广在哪儿,我只好边骑边问,所有人都说一直向东,太远了,还是坐车去吧。从万寿路到广播学院,一共用了三个多小时才到,当我找到他的宿舍时,已经是下午两点钟了。他的墙上贴着一张近来风靡全国的某位香港玉女明星的海报,特别清纯。开会倒没用多长时间,回家时我骑了五公里后实在饿得受不了,摸出临走前管我妈要的五块钱,在路边小摊吃了碗牛肉面。冬天小铺的门玻璃上都蒙了层白霜,没什么客人。我低下头就吃,饿极了吃什么都香。吃饱后,我抹抹嘴,这才想起还有大半的路没骑,腿就突然有点发软。

很快,贴着我照片的记者证就寄到了我家楼下,我开始在周末业余时间拿着这张记者证采访摇滚乐队。国内的乐队里我最喜欢轮回,他们正有几首新歌在音乐台打榜,我迷上了主唱高昂清亮的嗓音。主唱说他自己都没有他们的第一张专辑,我答应帮他买,用整整一天时间跑遍了北京的所有音像店,还在北大附近迷了路才买到。

初三的下半学期,我们又搬进了明亮的白色教学楼,就在初一时住过的那幢楼的对面,这次气氛却大不相同。我每天穿着黑牛仔和白上衣上学下学,感觉自己像个骨瘦如柴的孤儿,无所依傍、漫无目的。胡小婷和骆霞每当在路上碰到我,也从来不和我说话,胡小婷的气色倒是越来越好,她常穿一条浅色的牛仔裤和一件淡粉色的上衣,腰带上吊着的一串钥匙里还夹着某个色彩鲜亮的钥匙链什么的。

王姗姗早就完全不理我了,她除了和苏倩在一起,还跟刘妍越走越近。她们甚至各自买了一套鲜艳的橘色运动服,像对一高一矮的双胞胎一样引人注目。初三是王姗姗最快乐的一年,她深受纪老师的赏识,我们没有交流过对纪老师的意见,在她后来给我写的信里,她承认纪老师是她的偶像。

那仿佛是一个春季的傍晚,天已经开始热起来,漫天飘满北方城市特有的柳絮。青春期的躁动不安没有在任何初三学生身上停留,除了我。

我在一个春季的傍晚打通了中小学生心理咨询电话。接电话的不是B5,而是一位陌生的心理咨询员。"你好。"他说。

只用了一秒钟时间，我就习惯了他平静而略带磁性的嗓音。我们在电话里聊了半个小时的中国现代文学和摇滚乐。那短短的半个小时，我进入了久违的平静和抒情的气氛中，我呼了一口气，天那么蓝，夕阳照在树叶上，闪闪发光，这本应该是多么美好的一个春天的傍晚！我没有问他的代号，他也没说。挂断电话就意味着我无法逃脱的生活又将继续。

告别时，我说："再见。"他"嗯"了一声，直接挂断了电话。此后，我又再打过几次电话，接待我的都是不同的心理咨询员，因为不知道代号，我无法找到"他"。或许，他也在找我？还是已经把我忘了？毕竟这只是他要接的无数电话中的一例，而且只有短短半个小时。

日子还是一天天地走下去，沉下去。几个星期后的一个黄昏，我又拨通了那个电话。很随意地聊了几句，我感到这个咨询员并没有"他"那样的智慧。正当我准备说"再见"时，那边说话了："我还有几句话想说，你可以先别挂断电话吗？"我很惊讶："我……""有一次，我碰到一位女孩，在电话里和我聊中国文学和摇滚乐。可是她已经好久没有来电话了，我一直希望她再次打来……我已经问过好几个人了,她们都说不是……"他好像是在问我,你就是她吗?你为什么不告诉我?"我的代号是A26,你叫什么呢?"

"我?我该告诉你我学校里的姓名还是别的什么?"我反问。

"你不想告诉我你真实的名字,这有什么寓意么?"那边的声音温文尔雅。

"我没有自己的名字……你有么?"我知道他们的规定是不能透露自己真实的姓名。

"我愿意叫你蓝草。"

"蓝草?"

"是的。"

"是蓝色的蓝还是兰花的兰?"

"我想……"我稍一犹豫,还是如实地说,"是蓝色的蓝。"

"真的吗?你知道吗,我今天穿的是一身蓝,蓝色牛仔裤,蓝色袜子,只可惜,我没有蓝色的鞋。你现在又叫我蓝草。"

"给我唱首你喜欢的歌吧。"我央求他。

"我唱得不好听,"他唱了一句,"东方之珠/我的爱人/

你的风采是否浪漫依然……"

他告诉我，这是他这学期最后一次当咨询员接的最后一个电话，而何其幸运，他碰到了那个很久以前让他有共同感觉的人。

每次打电话总是我主动说"再见"然后挂断，他至多"嗯"一声。我问他："你不说再见是一种习惯吗？还是有什么别的原因？"他沉默了一会儿，说："好奇怪，从未有人留意过这些。我不说再见是因为在我的理解中再见就是再也不见。"

我换上他用的飘柔洗发水，听他喜欢听的罗大佑，做卷子时想象着他上的学校。我有了一个自己的朋友，一位成熟聪明、已经上大学的朋友，在我整个初三里唯一一个尊重我的人。在去治眼睛的路上，我对胡小婷、骆霞说了A26的事，她们不以为意地笑了。第二天骆霞说，你知道昨天听了你说的那个人，胡小婷对我说什么吗？她觉得你在瞎编，你骗我们的吧？

他总是说要跟我见面，想看看我长什么样，我总是推辞。我给他寄过信，里面还夹着几张照片，他说没有收到，也不知道是他们宿舍的哪个男生收到了信却没有告诉他。

四月,我参加了北师大二附中的文科实验班提前招生的考试,那座有着蔷薇花和绿树的中学与北师大仅一街相隔,如果能考上这个学校,我离蓝草又近了一步!可数学考卷那么难,我写着写着就晕头了,在卷子背面开始画画,写诗,像当年的那个史铁生。走出北师大二附中,我回头深深地凝视了一眼校园,知道我不会在这里上学,没有机会再来这里了。从二附中走出来,我来到北师大的校园,无数的大学生从我身旁走过,可没有一个是他。即使没有见过面,只要他从我身边经过,我总有感觉能认出他来。

"我有女朋友。"他说。

"哦,那怎么了?"我奇怪地问。

"我有我自己的原则。"

"是什么?"

"我绝对不追已经有男朋友的女孩。"

我嗤之以鼻,这算什么原则呀?而且你也已经有了女朋友,我这不算是追吧?我觉得我们之间更精神化一点。我柏拉图得令自己都受不了,看《少年维特的烦恼》时发现维特因为夏绿蒂照顾孩子的温柔模样而爱上她简直不可思议。

我终于答应和他见面。是"五一"前一天的晚上,我们约好在积水潭地铁口见面。初三一年,我胖了许多,对自己毫无自信。我的衣柜空空荡荡,这一年都没买什么新衣服。无奈之下,我来到丁翠翠家管丁欣借衣服。我在她们的床上摊了满满一床衣服,裙子裤子上衣,每一件都试一次。时间一秒秒流过,很快就到了我们约会的时间。最后,我终于穿了一条褐色的牛仔裤出了门。坐地铁时突然发现这条裤子没选好,让我显得更加笨重。

到积水潭地铁站时已经八点多了,地铁口站着不少人,我不敢上来,只是在周围徘徊。

那天晚上我一边听着许巍的《在别处》,一边在积水潭地铁站附近溜达。潜意识里我怕见到他,又期待着与他不经意撞个满怀。整整一个半小时,我都没有见到他。回到家给他打电话,他爸爸说他已经睡了。这么快就已经睡了?

第二天就是"五一"。好像每年的节假日我都特倒霉,以至于每到快过节了我就害怕。今年也不例外。家里人都出去旅游了,我一个人锁在屋里等着和他联系,我迫不及待地想和他解释昨晚的事情。我一遍遍地给他家打电话,没人接。再呼那个熟悉的号码,他的呼机号我都背了下来,传呼小姐用温柔的声音接听再挂下，接听再挂下，他却始终没回电话。我绝望地哭起来，眼泪止不住地往下流，只好抓起浴巾当手绢来擦眼泪。再拨，电话迟迟不响，好像冬眠中的熊，无知无觉。指尖冰冷，胃好像有点不舒服，一种被抛弃的绝望感从心底缓缓升起，眼泪像温泉般流淌不息，整个人像泡在水里。抓起一本诗集跑到阳台开始阅读，"铃铃铃——"我狂喜地冲向电话，却发现它静悄悄地沉默，原来只是我的幻觉。我再回到阳台，电话又响了，如此循环反复。

我一遍遍地拨着中小学生心理咨询电话，不知道为什么，也一直没人接。连心理咨询热线都没人接，怎么回事？我正一点一点失去我的东西，朋友，心情，老师的信任和我自己……我现在心里有许多困惑，难受极了，也苦闷极了。快到中考了，我却还未进入状态，我不禁又想起了初二的那个冬天，那时候我还拥有陈宇磊，现在呢？今年比去年更糟了，我躺着在哭，坐着在哭，站着也在哭。就连洗澡时泪水都顺着脸流下来，根本止不住。有关他的记忆固执地变得模糊不清，我想那是大脑在受到创伤时做出的本能反应。我想起我看过的一本书，毕淑敏的《红处方》，里面写到了一种戒毒方式，也正是《灿烂涅槃》中柯特所谴责的美国医生切掉左派当红明星脑白质的不人道行为。但这正是我想要的，正好可以用在我身上。

对他的憧憬越大，我受到的伤害就越深；曾经给我带来的喜悦越强，我此时的失落便越多。蓝草犹如从天而降的天使，现在天使飞走了，我比没碰到他之前更难过。他改变了我的生命，怎么能说走就走，说消失就消失？

士为知己者死！我那时是这样想的。

我每天都盯着楼道里的计数器，"距高考还有61天""距高考还有59天"……我只能靠这个数字来安慰自己：再忍忍，忍过一天算一天。我甚至用一句俗语来安慰自己——"做一天和尚撞一天钟"。和纪老师的讲解不同的是，她说只要我一天还是学生，我就得继续完成自己的任务；我想的是，过完一天算一天，我在等待那最后时刻的到来。

每个人都能看出我精神恍惚。我心不在焉，印堂发黑，每天早晨的上学对我来说已经要耗尽所有的气力。每天我从床上爬起来，都有种世界末日的预感。如果世界真有末日就好了，我不会一个人死的，还有纪老师和那么多"好学生"

陪我一起死。

没有人在放学的路上陪我,我像垃圾或者病毒,所有的人都避之不及。我深刻地领会到,如果在班里没有一个好朋友,上学就变成了自虐。

"一、二、三……"我数着瓶子里的小药片,我没有办法找到安眠药,只在小药箱里找到了晕车药。反正都是药,效果应该差不多吧?我用舌头舔了一下,好苦。我把药融化在奶粉里,喝到一半就苦得喝不下去了。看着摊开的作业本,如果不死,作业肯定还是要接着写的。上学对我来说简直就是噩梦,让我恐惧,但死亡似乎也没那么容易,既然这样,我也只能接受去上学的现实。

早晨洗脸时我突然流鼻血了,不知道是太干燥还是心情不佳导致的,我反倒释然了。我望着镜子里自己的面容,迅速地擦干了脸上的血迹,然后背起书包去上学。

我又搬家了。我住的那幢楼就在丁欣单位对面,蓝色和橙色相间,像童话一样美丽。是蓝草和我的颜色。搬家那天和父母一起收拾东西,我冷静得不像话。终于要向这里告别了,终于要向我心底里的陈宇磊和楼里的那些孩子们告别了。我总是处于告别的状态，告别朋友，告别友情，告别昨天。蓝草呢？他是否也属于我需要告别的昨天？

一个星期后，我接到了蓝草的电话。他质问我星期五干吗去了。我奇怪地说当然在上学。"那你晚上也不在家吗？"他说星期五给我打了一天的电话，从十点到晚上九点，都没有人接。我这才想起来那天电话还放在原来的家没有拿过来。

"如果说那天你没来我生气了……"

"我来了……"

"OK.周五那天我给你打电话，都没有人接，我想，如果今天再没有人接电话，那么不管什么A26、蓝草……统统消失。"

看到父母对我怒目而视，我跟他说到楼下的小卖部给他打过去。

"你'五一'去哪儿了？那两天我也是一直在给你打电话。"

"啊？这样啊！"他说，"我和同学去了黄山。"

"你爱我吗？"他突然问。

我不知该怎样回答。这是爱吗？是爱情的爱吗？

"你能再问一遍吗?"

他愣了一下,"你爱我吗?"

"带点感情。"

"你爱我吗?"

"我爱你。"

"再说一遍好吗?"

"我爱你。"

"带点感情。"

"我爱你。"我肯定地说。

"别爱我。"他虚弱地说。

可我知道我对他只是一种迷恋。千山鸟飞绝,万径人踪灭。

那天我们聊了一个多小时,我花光了身上所有的钱,还在小卖部里碰到了王冲冲的家长,我只匆匆地跟她打了个招呼。挂了电话,我吸了一口夏夜的空气,容光焕发,像是一艘迷航的船重新找到了灯塔。即使这灯塔好像不再是原来那座灯塔。

我们好像在北师大附近的一座小公园里见过面,那天后来下起了小雨。我在等他的时候喝着统一冰红茶,他看着我说:"你的眼睛很好看,符合我的审美。还有你的手,也很漂亮。可惜你在喝水,我不知道你的嘴唇是什么样子。"他自我介绍:"才子加流氓"。他说他来者不拒。当我质问他这句话时,他反而笑着问我"你来吗?"后来他问我看没看过《三个婚礼和一个葬礼》,我说没有,他说那才是真正的爱情,没看过就没有资格谈爱情。是这样的吗?他把手放在我的肩上,我条件反射地颤抖了一下,他没有放下手来,只用他的眼睛探询地盯着我,好像我是某种实验对象。

他强大得可怕,我害怕那种强大的内心力量,一点一点地将我吸过去。在他面前,我渐渐迷失了自己,这让我很痛苦。我几乎都想不起那种舒服、愉快自在而不受束缚的交流的感觉了。和他在一起,我度过了一段完全可以说得上幸福的时光。

我离开时,他没请我吃午饭,而是送我去车站。我本来想跟他多待会儿的。他目送我上了公共汽车,然后走开。车上的人太多,我无法扭过身子再去看他。我想,这辆车上的人都没有他身上的味道。或许,他只是一个心理咨询员,而我只是他的一个"病人",他从未把我当作朋友。会是这样吗?

我就在这样的矛盾挣扎中,一日一日沉沦下去。我无法控制自己的情绪。我不能容忍一个人,在追求欲望、金钱的同时还唱着罗大佑的《恋曲1990》,这永远是对美丽的亵渎。

妹妹给我写过信来:

姐姐:

见信佳!

非常感谢你给我寄来的磁带,我都听过了。不错,我特喜欢张楚、郑钧和中国火的那几盘,再一次感谢你。

姐,你知道吗?当我从邮局把磁带取回的那天,在学校碰到了华东,见你给我寄来的磁带,他的目光充满了羡慕和气愤,好像怪你没给他寄。不过,我把磁带借给他听过了,他好像不太生气了。

对了,我发现华东也特喜欢摇滚,他差不多每天都在教室里唱两句,而我呢,则是他最忠诚的听众。虽然有的人并不喜欢他唱的歌,但他还是照唱不误,这一点真让人感动。

好了，不说这些了，今年夏天你一定要回来哦，我们等着你！

为我们共同的理想奋斗吧！

妹妹

班主任的冷漠和蔑视让我自觉低贱、羞愧。她引发所有的同学反对我、孤立我，即使在课下也没有放过，如果有一个字能代表我对她的感觉，那就是"恨"。

一天中午，我和一些同学被留在学校补作业，休息的间隙忍不住翻起不知是谁带来的一份《中国青年报》。恰巧纪老师进来，看到我居然有心思看报纸，她怒不可遏地冲我吼道："还看报纸呢？作业补完没有？你这种人现在没资格看课外读物，你看看人家别的同学，都在补作业、学习，就你特殊！你算什么东西啊你！"

同学们吓得大气都不敢出，我强忍泪水，不敢反驳，尽管我已经快到了忍耐的尽头。

她走了以后，坐在前面的孙阳回过头来，厌恶地盯了我一眼,把报纸抢了过去:"老师让你别看,你还不听!"

雪上加霜,釜底抽薪,火上浇油,随便怎么说吧。我听之任之地由他拿走了报纸,突然觉得有点窒息,便走到窗口。鸟儿啼鸣着飞过校园,三三两两穿着玫瑰学校校服的初中生、高中生正在学校玩耍、打闹。篮球场上还有人在兴高采烈地玩球,一年以前,我也是他们中间的一位,而现在……

"你没事儿吧?"不知道什么时候,孙阳走到我面前,轻声地说,"刚才我把你报纸拿走,是怕咱班主任回来再看见。"

"没事儿。"我仍旧看着窗外。

"算了吧,我知道你心情不好。"

我回过头来看着他,疑惑地问:"你怎么知道?"

"你心情一不好就不说话。你现在就不说话。"

我差点就感动了,原来他连这都发现了。是啊,我心情不好的时候不会像别人一样发作,反而更加安静和沉默。可我无法原谅他刚才的举动,正如无法原谅纪老师一样。你们都是一路货色,你们都伤害了我。

我知道孙阳喜欢我。从初二时就隐约感觉到了,那时候我根本就顾不上在意他。可能因为那时候,我们都只喜欢我们喜欢的人,从来不会在乎喜欢我们的人的缘故吧!初三以后,孙阳成了班里几乎唯一关心我、愿意接近我的男生。他在语文课上常常趁老师在黑板上写题的空隙回过头来跟我玩五子棋。当然不是真正的五子棋,而是我画在作业纸上的简易版,我们玩完一局就再画一幅。反正有那么多的作业本,那么多张作业纸,那么多的,简直是用不完的、没有尽头的岁月,每一秒在我看来都要用尽全部气力才能度过。为什么我不能在语文课上玩一玩呢?语文课是我唯一的快乐时光,所有的题我都不用看就知道答案,让学生头疼的高考作文没有给我造成过压力。可能对我的放任就是语文老师送给他这个得意门生的礼物吧!

真是冤家路窄,大扫除时我和黄秋菊分到了一组,我扫楼道的垃圾箱,黄秋菊就在我身边扫楼道。倒垃圾的时候,我们的眼神偶然碰到了,电光石火,她的眼神像把尖利的匕首向我刺来,没什么力量却深藏敌意。我的眼睛则像沼泽,黑乎乎粘腻腻,令人沦陷,哪怕她是刀是铁,到了我这里也只会缴械投降,因为我的眼睛根本就没有感情。我不爱任何人任何东西任何事物,包括自己。

她动了动嘴唇,想说什么,但最后什么也没说。是想讽刺我吗?我继续低头干活,只有纯体力劳动才能让我紧绷的心情稍微松懈下来。过了一会,李艳艳出乎意料地向我走来,黄秋菊像只看门狗一样跟在她身后,这一对奇特而又恰到好处的组合真让我恶心欲吐。看着她们一步步逼近,我真不知道这俩人这几分钟又密谋了什么阴谋。

"林嘉芙,你这段时间的状态真不行……"她在说什么?我看着她嗫嚅的嘴唇,费劲地思索着。

"现在还有两个多月就中考了。如果现在还是冬天呢?要是还有一年才毕业呢?你该怎么办?……"

我的身子不由自主地微微颤抖了一下,她触到了我的痛处。只有敌人才最了解你,李艳艳已经看出我每天都在"熬",在忍耐。我看着她胜券在握的样子,心里很不是滋味。奇怪,对她我已经有点恨不起来了,我只觉得浑身无力,对什么都提不起精神,就连这明显的挑衅也无动于衷。

有一个女孩接近了我,帮我度过了最后的艰难时光。在此之前我从未注意过她。她学习中等,像大部分同学一样戴眼镜,留长发,脸上长了许多青春痘。她经常陪我放学走北门，我有了一个可以说话的朋友。我对她讲了A26的事，她相信了我，没有质疑。

在她的陪伴下，初三不再那么难熬，我们下课就嘻嘻哈哈地聊天，一直聊音乐和毕业以后的生活，倒是自由自在。我成了"二皮脸"，对鄙视的眼光或讽刺的话语一概视而不见。纪老师怎么说的？"人有脸树有皮"，那我现在就整个儿一个透明人，没皮没脸，皮糙肉厚。她和我不一样，没有成为众矢之的，跟纪老师也相安无事。我想这归功于她的"灵活"。这不是贬义词，我的意思是我实在太不圆滑，毫不通融，特别生硬。如果让我碰到一件事，我要么是喜形于色，要么就是泣不成声，根本没有中间状态。我们的桌子不是都得套桌布吗？每天的值日生都要在早自习时查桌布，说："现在开始查桌套。"没带的或者脏了的就扣分。轮到她值日，一开口就是："请大家把胸罩铺好……"

哈哈哈哈哈，大家都快乐晕过去了。她也不好意思地笑笑："我刚才说错了啊，是桌布，桌布。"然后又继续查桌布。要是我，可能就过不去了。除了当场晕过去，想不出别的办法。

"我挺讨厌贺征的，他太精了，不像个可靠的朋友，你们不可能再恢复友情的。还有老跟他在一块儿的那个更滑,老色眯眯地看我胸部。"她甩了甩头发,我们在离学校不远处的街心公园坐下来。

"我跟你讲一件事儿,你别告诉别人。"

"嗯。"我看着她的头发,突然想起自己好久没留长头发了。

她开始讲一个故事,是她特别喜欢的一个表哥,他们经常来往。有一天她去他家玩,家长都出去了,两个人喝了一些啤酒,后来她困了就睡下了。醒了以后发现有一只衣服扣扣错了。

"我好害怕,如果他……"

"不会吧?"我愣了一会儿,没反应过来。再想想,真有点吓人了。"我觉得可能是你自己没扣好。""可出门的时候我照过镜子,没问题啊!"她迷惑地说,"我也问过他,他说绝对没动我。我真担心,如果我不是处女了,那……"

"不管怎么说,这事儿是我最大的秘密,你可别告诉别人。"

"放心吧。"我咽了口口水,开口道,"我也有一个秘密。是我们院的男孩,那是寒假的一天……"

"我们一起报学校吧。"孙阳研究了半天，选了个不远不近口碑不错的职高，我们的分数考上它肯定没什么难度。"那我们到时候还在同一所学校上学。"他说。我无意识地颤抖了一下。

"好。"我随口应着，反正我不想再上玫瑰学校，不想再见到纪老师，不想再见到这班里的绝大部分同学。就让别人说我是因小失大本末倒置吧，总之我再也不想跟这些人有任何关系了。我也不想和孙阳上同一所学校，他既然见识了我最丢人最落魄的时光，就已经在我心里永远画上了一个叉号。我用钢笔在第一志愿栏一笔一画地填上了"北师大二附中"，第二志愿是"西×中学"，下面都空着，愿意接受服从分配。祖国不会给我分配到大西北，虽然我学习成绩下降了不少，对此还是有把握的。

过去的朋友已经不复存在，我需要新的友情。我不想用我的本名，这一年来，我的名字已经背负了太多屈辱；也不想用我们"小集团"里我的代号，她们都令我痛苦。我想起一个新的名字，交一些新的朋友，没有人知道这就是我。该叫什么名字呢？

我经常看的一本音乐杂志上有一个"征友启事"栏目，我把我的征友启事寄了出去，但他们始终没刊登。我想他们把我忘了，我只是无数大众中毫不起眼的一员，既不出类拔萃也没什么特点，根本就不会轮到我。

拍毕业照时，我尽量往边上躲，最好不要把我照上去，毕业照无非是种例行公事，如果可以我真想就地消失。让那些朝气蓬勃的学生站在前面吧，让镜头摄下他们的光华，若干年后再来怀念吧。李艳艳那一阵总是隔天就穿件款式老土但料子不错的新裙子或新衬衫，今天也不例外；王姗姗和刘妍穿着橙色运动服互相搂着腰笑得灿烂如花；男生都站在后头露出含蓄的笑容；黄秋菊萎缩瘦小颤颤巍巍的身躯被高大健壮的纪老师一把搂在怀里，脸上还带着受宠若惊的表情。

除此之外，我什么也记不清了。

随即而来的是中考。我惆怅地呼吸着校园里的空气，初三终于结束了。我们毕业了。

第十章　永别玫瑰学校

在最后一个夏季的下午,我去学校取了成绩单和录取通知,居然见到了久违的白茹。她似笑非笑地看了我一下。录取我的是那所离北大很近的职高。我略带疲惫,谢过白茹,踏上了通往学校大门的林荫路。

那天夜里,我把初中三年的东西都集中在阳台上,点了一把火,火很快就把王姗姗和刘妍的橙色运动服烧成了黑色。我抚摸了一下年级毕业照上风和雨的脸,然后毫不犹豫地扔到了火堆里,它们很快燃成了灰烬。

"一切都结束了。"我想。新的生活在等待着我,我知道那可能更艰难,不过我什么也不怕了。

张科打电话约我出去玩,说她在学校北门口等我。在这之前,我从来没有拒绝过她的邀约,我没有让她听出我的犹豫,简单地说:"我现在就过来。"

她见到我老远就开始招手,我不知道她今天打算跟我一起去玩什么。我骑到她身边,对她说:"我不想去了。"

"你怎么了?有病啊?"她一副大咧咧、无所谓的表情,像平时一样讽刺我道。我头"嗡"的一下,又来了。只要和她在一起,就改变不了我被动和劣势的地位,也改变不了我们势将分道扬镳的结局。

"你怎么老是这么傻不愣登的,缺心眼儿……"

像是在等待她说出更狠的话,她真的说了,我反而一阵轻松。

"完了。都完了。"我第一次在她面前如此镇静和坚决,看着她一脸震惊和不解,我又补充了一句,"我已经忍了你很久了。"

说完以后我头也不回地骑车离去。夏天来了,温暖的风拂在我的脸上,我冰冷已久的心脏也像感到了新的生机。

路过路口时,我忍不住回了一下头,只见她瘦小的身影还伫立在原地,好像还没回过神儿来。

末　言　你看天是蓝的

1

又是冬天。又是北京的冬天。

北京的冬天，经常是阴沉沉的，偶尔会有天晴，天蓝得像缎子，阳光像蜂蜜，更像恩赐。

初三毕业后的少年时光里，我在景山谈恋爱，在故宫后面的筒子河边，听男朋友弹吉他。那时我十六岁。走在冬天的北海，我的笔友为我系上我开了的鞋带，那时我十七岁。后来他去了美国西海岸当海军，给我寄回厚厚的音乐杂志，在夜里给我打过电话。他说他常常喝酒，美国实在太无聊了，他很想北京。他还说他现在不听朋克了，他现在听死亡金属。他的声音还是那么热烈单纯，说得非常快速，浓重的北京话。和他认识时,他在北京一所郊区上高中,他写信来,说父母离婚了,他喜欢音乐,希望和我交个朋友。

现在我有一篮子的信,都是我以前的笔友写来的。我也曾给他们写过许多信吧?只是很多事我都已经忘了,就像年少时呵出的一口气,很快消失在空气中。

2

我打开尘封已久的信件,其中有一张封面是谢霆锋,边上写着四个字"友谊永固"。

擦去贺卡封面的尘埃,我看清了,是一张生日贺卡,里面写着:"五月,因为你的诞生而美丽;我们,因为你的存在而快乐。无论春夏秋冬,当晨钟敲响的时刻,总有一位朋友在为你祝愿,一生幸福!"里面还夹着两张照片,一切都好似复活了。照片上的少年站在山前,阳光照着他黑色的脸膛,那是伟波。他理着小平头,脸上被阳光照得发红,穿着农村青年穿的白衬衫白夹克、褐色西服裤子、黑色休闲皮鞋,身后是山东特有的丘陵。还有一张照片,是伟波和德州、新平儿一起的合影。那年他也就十九或二十岁吧,我还会继续长大,而伟波不会了。所以他会永远年轻。

他后来让人用刀子捅死了。

没有人会再知道,我们心中有着多么小心翼翼的情愫,那么纯洁,那么纤细,朦胧又美好。他骑摩托车带我去镇里网吧上网的路上,我用手环住他的腰,看着蓝天、绿树像电一样飕飕从身边闪过。想起我染着棕色的头发回老家,他对我说以后不要再染头发了,黑色的头发不也很好看吗?我在网吧吸烟,他只是轻声对我说:"少吸点。"

一切都像没发生过一样清晰又模糊。

上完网,我站在网吧门口等他。他半天才回来,然后说要带我去一个同学家坐坐。同学的父母看着我含笑问他:"这是你对象吧?"他羞涩地笑笑,说:"这是明明,是我妹妹。"

岁月就像把一张纸翻过来一样让我得了失忆症。这一切都像是没发生过,在乡村,我和伟波哥哥一起散步,在冬天的田野,我问他什么时候结婚,他笑着说现在还没有对象呢。

他还说,记得你去年回来的时候吗?咱们一起玩得多快乐。而当时的朋友,现在已经有人结婚生子了。就是想回到过去，也无法回头。

就是那一年，我经常和伟波在夜里沿着村子散步。我还是一个小女孩，伟波也不大，他只是一个未满二十岁的少年。我们边走边聊天，我当时有个天大的愿望：我想拉住伟波的手。我终究没敢，我只是和他走得很近，很亲密。不知道我当时对伟波是一种什么感情，是友情，还是一种眷恋？是一种淡淡的爱情，还是像兄妹一样的亲情？我真应该拉住他的手，不管是出于什么感情，我都应该握握他的手。

他的手，一定很暖和。

我记得伟波跟我说的最后一句话是：别忘了把你的手机号告诉我，我好给你打电话。我无法再接到他给我打的电话。在我上学时，他出门打工挣钱，还给我寄钱。

在梦里，我梦到小时候的伙伴，他们集体出现在我的梦中，我不知道该说什么，只是喜悦，周身都温暖无比，我躺在床上，久久不愿醒来。

3

我喜欢冬天蓝蓝的天。因为风刮得厉害，风把天刮蓝了,把云刮白了。

风刮得厉害,树瘦削地耸立,站在田野里,像一个个未长大的孩子。而公路边上的白杨,不用管它,它很坚强。

坐在摩托车上,后退,后退,风和树,我和天,还有强烈而无温度的阳光。

我慢慢逛街,随意买下些无用却可爱的小东西,和妹妹一起说说话,即使贫穷而寒冷,我们也不在乎。我们都是普通的、老实的得到过太多亲人爱的孩子。

我翻出妹妹的照片。有几张是我熟悉的一个男孩。不知道应不应该叫他:年轻的男人。

他是我妹妹的哥哥,认识他时他在北京军艺当兵,一直穿军装。有次叫我来军艺看演出,他帮我搞到一张票。他还应我的要求给我寄过印着军艺徽标的信封和信纸。

其中有一张是我的黑白一寸照,我一直想找到这张照片,可家里的底片太多,一直没有找到。

后来我把这照片放在信里寄给过苇子。我们通信好几年。后来他有过机会来北京,我们约在某地铁站门口见面,结果没见到。因为地铁有好几个出口,而我们打电话联系却无论如何也没见到对方。

我心似铁，断绝了这份友情。

不知为何，我总不能忘记和原谅这应该原谅的无意的过错，甚至不是他的也不是我的过错。

那么就是我不能原谅命运的过错。

结局篇　昨日今生

林嘉芙（明明）：作家、诗人，将自己的高中岁月写成小说《北京娃娃》。

陈宇磊：不详。曾有一次在路上遇到他，他和当时的那个同班女生在一起。

维多利亚：毕业于四川大学。近况不详。

丁翠翠：大学毕业后在税务局工作。和林嘉芙仍然是邻居。

丁欣：在王府井某商场当售货员。仍同丁翠翠一家住在一起。

阿萌：大学考了两次，她形容为"很受刺激"。现在应该毕业工作了。

阿杨：现为公务员。

李艳艳：不详。

黄秋菊：已经结婚成家。

王姗姗：她考上外地一所大学后我们曾通信联系过，现已失去联系。她只是偶尔在记忆里出现。

兔兔：北京服装学院毕业。仍然热爱漫画和绘画。

风和雨：不详。

胡小婷：在加拿大上完大学后留在异国工作。

感谢文中"刘颖"、妹妹及笔友的信件。